Devil & Angel

Mot de l'éditeur

Libertine éditions est la maison érotique qui entend tous vos fantasmes. Ici pas de demi-mesure, toutes les formes de sexualité sont autorisées et assouvies.

Puisque chacun trouve son plaisir dans des scénarios intimes, chaque lecteur trouvera de quoi animer sa libido ou la rallumer.

Entre histoires vraies et fantasmes inavoués, il n'y a qu'un doigt. Du porno au hors-limite, en passant par le BDSM, le SM et plus encore... Masculin, féminin, le plaisir à deux, trois ou plus. Peu importe, seul le plaisir compte !

Pour faire durer vos lectures, vous trouverez nos ouvrages en format numérique, papier, audio, CD, DVD et plus encore.

Que votre lecture soit chaude et enivrante, c'est tout ce que nous vous souhaitons.

Site Internet : www.libertine-editions.fr

Sofiane L.

Devil & Angel

Couverture : **Maïka**

ÉDITIONS

Avertissement

Texte réservé à un public majeur et averti

1

Je suis super en retard. Mon service commence dans moins de dix minutes et, au lieu d'être déjà sur mon lieu de travail pour me mettre en tenue, je suis bloquée comme une idiote dans la circulation. Depuis dix minutes, je m'active sur le klaxon de ma petite Toyota en espérant que les autres automobilistes vont s'écarter pour me permettre de foncer.

Je suis rarement en retard, mais hier soir, Jim a réussi à se libérer pour passer la nuit avec moi. En repensant à ce que nous avons fait, j'en ai encore des vibrations dans tout le corps et d'étranges sensations au creux du ventre. Il faut que je vous précise que ce garçon est un amant exceptionnel qui surpasse largement tous les autres petits copains qui ont partagé mon lit. Il sait exactement comment s'y prendre pour me donner énormément de plaisir. C'est un peu comme si mon corps et lui avaient passé un accord secret. Et puis, physiquement, il est à tomber à la renverse. Un visage angélique et ténébreux surplombe des épaules larges auxquelles j'aime à m'accrocher quand il me prend. J'adore aussi laisser glisser mes lèvres sur son ventre plat et suivre avec le bout de ma langue le dessin de ses abdominaux qu'il entretient régulièrement à grand renfort de sport. Et puis, il y a ses cuisses aux muscles saillants. Il en émane une impression de puissance qui a pour effet de me rendre immédiatement disponible pour une partie de jambes en l'air. Quant à ses fesses, je connais des mecs qui donneraient une vie de salaire pour en posséder de semblables. Bref, Jim est un apollon qui a parfaitement conscience de l'effet et du pouvoir d'attraction qu'il exerce sur moi, mais aussi de la sensualité torride qu'il dégage. Alors autant être franche, avec Jim, c'est du sexe sous toutes ses formes et sans tabou. Avec lui, je ne suis jamais frustrée et, contrairement à d'autres garçons, je n'ai jamais besoin de me finir à la main. Ce qui n'est pas toujours agréable.

Je m'appelle Angel et je suis infirmière. Après avoir occupé plusieurs postes dans divers établissements hospitaliers, j'ai trouvé un emploi plutôt sympa. Depuis quelques mois, je travaille dans une clinique privée spécialisée dans les interventions en chirurgie esthétique. Et ce matin, j'ai un entretien avec mon chef pour mon évaluation annuelle. Alors, autant dire que si je ne suis pas à l'heure, je risque le blâme. Je tente vainement de me faufiler dans le flot de la circulation dans l'espoir de grappiller quelques places et ainsi réduire mon temps de parcours. Mais les autres ne semblent pas disposés à me laisser passer. Je prends donc mon mal en patience en prenant garde de ne pas avoir un accrochage avec un véhicule, ce qui aggraverait encore mon retard.

Vingt minutes plus tard, je parviens enfin à destination. Rapidement, je gare ma voiture et en bondis pour me précipiter vers l'aile du bâtiment qui abrite les vestiaires du personnel. En entrant, j'essaie autant que possible de ne pas me faire remarquer. Ma réaction est totalement idiote, puisque, de toute manière, je devrais déjà être dans le bureau de mon supérieur. Mon absence ne peut donc plus passer inaperçue.

Maieva est devant son casier, entièrement nue comme d'habitude. Elle vient de terminer sa vacation de nuit et a pris une douche avant de rentrer chez elle. Même si je ne suis plus vierge, elle est une femme, et moi encore une jeune fille. Son corps témoigne d'une longue expérience dans le domaine du sexe. À quarante ans, Maieva a déroulé du câble, mais aussi de la bite. D'ailleurs, chaque fois qu'elle en a l'occasion, elle nous fait partager son vécu, ce qui pimente nos moments café dans la salle de pause. Malgré moi, je ne peux m'empêcher de lorgner ses courbes. Ses hanches sont larges. Certains parleraient d'un cul de jument, mais moi je l'envie. Je sais que les hommes raffolent de ces corps qui confirment que la partenaire sera à la hauteur de leurs attentes. Ses seins sont lourds, pleins, et n'ont pas besoin d'être compressés comme les miens afin d'accueillir un membre mâle au creux de leur sillon pour une branlette espagnole dont les mecs sont très friands. Quant à sa bouche charnue, je n'ose imaginer le nombre d'hommes qui y ont déversé leur plaisir. Cette femme est la seule à ma connaissance qui a expérimenté le gang bang sur une plage au soleil avec de parfaits étrangers.

— Te voilà, ma belle !

Je m'avance vers mon casier.

— Oui. Je suis en retard. La circulation était très dense ce matin.

Elle éclate de rire.

— Tu aurais dû mettre de l'anticernes, car avec les poches que tu balades sous tes yeux, on devine aisément que tu as passé une grande partie de la nuit les pattes en l'air. Elle a bon dos, la circulation !

Je me retourne pour me précipiter vers le miroir des lavabos et observer mon visage.

— Oh non ! En plus, j'ai un entretien avec le boss pour mon évaluation. Il va me tuer.

— C'est certain que s'il comprend que tu es en retard tout simplement parce que tu ne t'es pas réveillée après une baise de dingue, il va être jaloux. À ta place, j'envisagerais une petite gâterie pour le calmer.

Je sursaute, choquée.

— Tu es folle, Maieva ! Pas question que je suce le boss.

— La belle affaire ! Si tu te débrouilles bien, en moins de cinq minutes, tu lui auras séché les couilles et il te foutra la paix pour le restant de l'année. Ça vaut le coup, non ?

— Je...

— Cinq minutes à agiter la langue et avaler un peu de sperme contre trois cent soixante-cinq jours de tranquillité. Moi, je n'hésiterais pas un seul instant.

Décidément, la journée s'annonce épique. Il n'est pas encore huit heures, que l'on en est déjà à parler de fellation. Je sens venir un haut-le-cœur. Non pas que je sois plus prude à une heure aussi matinale, mais mon estomac vide assimilerait plus facilement un café qu'une dose de foutre. Néanmoins, pendant que je change de tenue, je médite sur les conseils avisés de ma collègue. À mon tour, je me déshabille entièrement pour endosser mon uniforme de travail. Je réalise ainsi le fantasme de tous les mâles de la terre, du sud au nord et de l'est à l'ouest. L'infirmière à poil sous sa blouse qui entre dans la chambre avec un air salace et une attitude de chienne pour prodiguer une branlette ou une pipe au patient. C'est vraiment du grand n'importe quoi ! Après toute une journée à patauger dans ce que le corps humain peut produire de fluide et de matière, je ne vois pas ce qu'il y a d'excitant à être nue sous sa blouse. C'est surtout un moyen d'éviter de salir trop de vêtements et de se débarrasser le plus vite possible de sa tenue souillée pour se jeter sous une bonne douche bien chaude et retrouver une fraîcheur indispensable au bien-être.

Je vérifie que j'ai mon matériel, stylo et montre, avant de m'engager dans l'escalier qui mène aux étages et à mon service. Je n'ai pas trop à me plaindre. Dans cette clinique, nous recevons une clientèle aisée dont la majeure partie est des femmes qui viennent s'offrir un corps remodelé en échange de sommes d'argent qui frisent parfois l'indécence. Les seins, le visage, le ventre, la vulve, elles se précipitent toutes pour bénéficier de l'immense talent du docteur Daniel Ambroise. Une sommité dans son domaine et une réputation qui a fait le tour du globe. La clientèle vient de tous les horizons. Je suis responsable actuellement d'une dizaine de patientes admises pour des opérations de restructuration de la poitrine essentiellement. S'il y a quelques années, la mode était aux implants mammaires qui permettaient d'afficher des décolletés pigeonnants, aujourd'hui, ces femmes recherchent plutôt le côté esthétique et une poitrine qui s'approche de la perfection.

Parmi ces clientes se trouve une Indienne. Elle est venue de Jaipur pour une intervention sur sa cloison nasale déviante. Cette petite malformation à peine visible donne des intonations nasillardes à sa voix qui lui confère un sex-appeal irrésistible. Au cours d'une de mes visites dans sa chambre, je l'ai observée tout en discutant. Elle portait des sous-vêtements en dentelle ajourée qui ne dissimulait rien de ses seins et de son intimité. Sa toison pubienne, aussi noire que ses cheveux, formait un tapis touffu visible sous sa culotte. Ses aréoles brunes comme du café fort encerclaient des mamelons bourgeonnants qui tendaient le fragile tissu de son soutien-gorge. Elles tranchaient avec sa peau dorée à souhait. J'en avais l'eau à la bouche. À un moment de notre conversation, je crois qu'elle a été consciente de mon trouble et s'en est amusée par la suite, jusqu'à ce que je prétexte une excuse bidon pour quitter les lieux, les joues en feu.

C'est une des rares fois où je me suis sentie attirée par une fille. J'ai déjà eu des expériences lesbiennes, mais je préfère nettement la dureté d'une queue masculine. Mon corps est friand de la violence de la pénétration et de la chaleur de la semence mâle. L'amour avec une fille demeure une récréation plutôt rare dans ma vie sexuelle. Mais en ce qui concerne cette Indienne, elle a un corps sublime qui frise la perfection et si le hasard veut qu'elle me propose une petite séance de broutage de gazon, c'est avec plaisir que je glisserai ma langue dans sa fente humide.

Voilà que je me remets à penser au sexe, tandis que mes yeux parcourent le tableau de service de la salle des infirmières. Il paraît que les filles sont moins obsédées que les garçons. Alors, je dois être l'exception. Jim est le plus régulier de mes *sex friends* et il a une expression pour parler de mon addiction au sexe que je trouve un peu vulgaire, mais qui me résume bien : « Toi, tu es une chaudasse qui aime le jus et la viande de mec ! » J'ignore si c'est flatteur pour moi, mais j'accepte volontiers de reconnaître qu'il a raison. Je suis une fille avec un vagin et je m'assume pleinement. Une vie de frustration, ce n'est pas pour moi.

Puisque je suis en retard et que je n'échapperai sans doute pas à une remontrance de mon boss, je décide de prendre le temps d'avaler un grand café. Je me fais donc couler une tasse et m'installe à la table que nous utilisons pour nos réunions et nos débriefings. Pour ce matin, je me suis arrangée avec ma collègue Virginie qui officie à l'étage en dessous pour qu'elle prenne en charge les tâches m'incombant, le temps de mon entretien d'évaluation. Je l'aperçois justement par la baie vitrée qui donne dans le couloir. Elle se dirige vers la salle. Dès qu'elle entre, je lui adresse un salut de la main.

— Salut, ma Ninie.

C'est le petit surnom dont je l'ai affublée. Je trouve que ça lui va super bien. Elle est menue, mais dynamique et incroyablement sexy. Ses lunettes ajoutent une touche d'innocence, que je soupçonne trompeuse. L'expression familière le dit bien : « Femme à lunettes, femme à quéquette ». Elle n'évoque jamais sa vie intime. Ce qui est rare. En général, entre filles, nous parlons sans détour de nos mecs, que ce soit de leurs physiques ou de leurs performances. Nous comparons les dimensions de leur sexe qui sont souvent prétexte à fou rire. La taille, ça compte, mais la dextérité est indispensable.

— Tu veux un café ?

Ninie secoue la tête.

— Non, merci, j'ai déjà pris un thé.

Elle ouvre un placard pour y chercher un objet et se retourne, en brandissant triomphalement la boîte d'un sex-toy.

— C'est pour l'Anglaise. Mademoiselle veut être certaine qu'elle ressent encore des sensations après l'opération de sa chatte.

J'acquiesce.

— C'est normal. Tu aurais dû en parler au boss, il se serait fait un plaisir de la baiser pour la rassurer, le cochon.

Ninie éclate de rire.

— Tu es bête ! Au fait, tu n'avais pas un entretien avec lui ce matin ?

— Si. C'est pour cela que je t'avais demandé de t'occuper de mon étage. Mais je suis arrivé en retard.

— Waouh ! Il va être furieux.

— Oui. J'ai croisé Maieva dans le vestiaire et elle m'a donné un bon conseil pour endiguer la colère du boss.

Ma collègue esquisse un petit sourire qui en dit long.

— J'imagine aisément ce qu'elle a pu te dire.

— Tu comprends alors si je te dis que j'ai préféré boire quelque chose avant.

— Roooo ! Allez, je te laisse. Mon Anglaise attend son jouet en plastique et j'ai encore les soins de Mme Rossa à faire.

— À plus, Ninie.

Elle s'éclipse et je demeure seule, préoccupée par mes obligations. Je termine mon café, jette mon gobelet dans la corbeille et, prenant mon courage à deux mains, je quitte la salle des infirmières pour me diriger vers l'escalier.

2

Quelques minutes plus tard, je suis devant le bureau du boss. Plus précisément, du DRH. C'est le grand manitou du personnel. En dehors d'un homme aide-soignant qui travaille à l'étage de Virginie, de deux brancardiers et de l'agent d'entretien, les employées dans les services sont toutes des femmes. Inutile de vous dire que le boss, c'est un peu le coq dans la basse-cour. Il fait la pluie et le beau temps dans la clinique. Plusieurs collègues ont déjà goûté à ses prouesses sexuelles, médiocres si j'en crois les bruits de couloirs, en échange d'avantages substantiels sous forme d'augmentation ou de jours de congé. C'est la dure loi de la levrette contre le bureau. Je crains fort que, cette fois, elle ne s'applique à moi.

Timidement, je cogne à la porte. Une voix forte aux intonations exaspérées résonne.

— Entrez !

Je déglutis avant de pénétrer dans l'antre de la bête, prête à recevoir la foudre, si ce n'est pas un coup de queue.

— Mademoiselle Angel, je ne vous attendais plus ! Notre entretien vous est revenu en mémoire ou est-ce mon charme qui vous a attirée dans mon bureau ?

Il ricane de sa blague débile et m'ordonne de m'asseoir. Je prends place sur une chaise et croise les jambes. Je suis à poil sous ma blouse et je ne veux pas lui donner la possibilité de reluquer un centimètre de peau que je souhaite conserver cachée.

— Je… je suis désolée, monsieur, j'ai été retenue dans la circulation.

— Les traits fatigués de votre visage me font surtout penser que vous avez eu une nuit agitée et une panne d'oreiller.

Direct dans le vif du sujet. Maieva avait raison. Une bonne pipe et il me fichera la paix, cet obsédé. Je décide d'entrer dans son jeu pervers. J'ajoute alors avec une petite moue coquine.

— Il faut bien que jeunesse se passe ?

Il se redresse en ergotant dans son fauteuil. Je l'ai vexé, ce qui n'était pas mon intention, loin de là.

— Mademoiselle, sachez que les nuits d'amour interminable ne sont pas uniquement l'apanage de la jeunesse.

Je dois rattraper ma bourde.

— J'en suis certaine.

— Je pourrais d'ailleurs vous le prouver et vous en seriez ravie.

C'est incroyable ! Le mec n'a pas encore sorti sa bite qu'il me promet déjà monts et merveilles. Montre la marchandise d'abord ! En général, j'aime juger sur pièce.

Il se lève de son confortable fauteuil en cuir et vient se placer devant moi en s'appuyant contre son bureau. Dans cette position, il me domine entièrement, cherchant visiblement à m'impressionner. Je peux lire de la lubricité dans ses yeux. Son regard est braqué sur la naissance de mes seins et une bosse commence à déformer son pantalon. Inutile de me bercer d'illusions plus longtemps, je vais devoir passer à la casserole. De toute manière, vu son attitude, je suis maintenant convaincue qu'il avait prévu de me sauter au cours de cet entretien. Allez, Angel, en avant ! Plus vite baisée, plus vite libérée. D'un geste qui se veut érotique, je décroche les deux boutons du haut qui ferment ma blouse.

— Comment puis-je me faire pardonner pour ce retard ?

J'ai l'impression d'être en plein tournage d'un film porno minable. Mais si, pour avoir la paix le reste de l'année, je dois jouer à l'infirmière lubrique, alors ainsi soit-il ! Pour répondre à ma question, il a un geste calculé et explicite. Il défait sa ceinture, baisse son pantalon et son boxer. Puis, le plus simplement du monde, il me présente sa queue en la plaçant à quelques centimètres de ma bouche.

— Je sais que vous n'êtes pas une novice en la matière. Puisque cet entretien a pour but de vous évaluer, montrez-moi vos compétences.

Tant qu'à baiser, autant se mettre à poil pour plus de confort. Je fais tomber ma blouse et me présente à lui dans le plus simple appareil. Immédiatement, je peux voir l'effet que je lui procure. Sa bite se tend comme un ressort.

— Ce serait bien de vous déshabiller également afin que nous soyons plus à l'aise.

Il acquiesce et, en un tour de main, se débarrasse de tous ses vêtements.

Bien évidemment, il n'a pas l'âge de mes amants réguliers, mais je dois tout de même reconnaître qu'il n'est pas aussi désagréable à regarder que je l'avais pensé au départ. Ses épaules sont larges, ses bras musclés. Moi qui suis habitué au ventre plat orné de tablettes de chocolat, je suis face à une petite bedaine rebondie qui surplombe un phallus un peu plus court que ceux auxquels je suis confrontée d'habitude, mais d'un diamètre remarquable. Mes doigts ne parviennent pas à en faire le tour totalement. Surtout, le détail qui est nouveau pour moi, c'est qu'il est poilu comme un ours. Je n'aurais jamais songé qu'un homme velu puisse m'émoustiller autant. Je me régale d'avance des sensations que mon épiderme va ressentir en se frottant à cette fourrure.

Avec mille précautions, je prends sa queue en main et tire la peau vers l'arrière pour découvrir un gland énorme et violacé. Ce gourdin va me défoncer. Ma chatte, cette coquine insatiable en salive d'avance. J'approche ma bouche pour un premier coup de langue. Mon boss continue de m'observer de ses yeux emplis de lubricité et de désir. Il est temps de passer aux choses sérieuses. Maieva a raison, si je me débrouille bien, je serai tranquille pour les trois cent soixante-cinq prochains jours. Mais peut-être que si je fais montre d'un certain savoir-faire, je pourrai bénéficier d'une augmentation. J'aimerais beaucoup échanger ma petite Toyota contre une Mini Cooper. Bon, OK, ce peut être perçu comme de la prostitution. Mais être une femme dans un monde dominé par les hommes nous amène parfois à avoir recours à l'utilisation de stratagèmes adaptée à la situation.

D'un coup, je gobe sa bite et me l'enfourne dans la bouche jusqu'aux couilles. Il est tellement surpris qu'il pousse un petit cri. Son bassin a un mouvement incontrôlé qui fait battre son sac de boules contre mon menton. Pendant quelques secondes, je me mets à saliver pour bien humidifier ma cavité buccale, puis je plaque mes mains sur ses hanches et j'entreprends un mouvement d'avant en arrière avec ma tête, lui donnant ainsi l'impression qu'il baise ma bouche. Je laisse entièrement ressortir son membre avant de l'enfourner à nouveau jusqu'à ma glotte. Mes lèvres serrées tirent la peau de la hampe vers l'arrière à chaque mouvement, tandis qu'avec ma langue, je titille son gland. Le résultat que j'escomptais se fait immédiatement sentir. Le boss se met à gémir de plaisir. Maintenant, j'aimerais qu'il jouisse le plus rapidement possible, car je sais qu'il a le projet de me prendre sur son bureau, ce qui ne m'enchante guère, même si j'ai une irrésistible envie de me frotter à sa peau d'ours.

Une fellation sur un tel gourdin n'est pas aussi facile que je l'avais pensé au départ. Mes mâchoires distendues deviennent rapidement douloureuses et mes lèvres écartées à l'extrême ne parviennent pas à former un rond parfaitement étanche. Je bave abondamment. Ça coule sur mon menton et ma poitrine. Je me force toutefois à poursuivre ma caresse buccale.

Mais soudain, Monsieur exige toute autre chose. Sa voix rauque claque comme un coup de fouet. Je me mets debout et quitte la chaise sur laquelle j'étais assise. Il m'ordonne de me pencher en avant, au-dessus de son bureau. Je m'exécute, docile, soumise à l'autorité. J'ai le cœur qui cogne dans ma poitrine. Bien que ma chatte dégouline de cyprine, m'enfiler un morceau pareil ne va pas être facile. Le boss fait le tour du meuble, ouvre un tiroir pour y prendre un tube de pommade. Je reconnais la marque d'un lubrifiant. L'homme a l'habitude des effets de son monstre cylindrique sur le vagin des femmes et possède le matériel indispensable à moins de douleur et plus de plaisir. Sans plus se soucier de moi, je l'entends ouvrir le capuchon dans mon dos et m'en tartiner allégrement la chatte. Son comportement me donne l'impression d'être un bout de viande qu'il enduit de moutarde avant de s'apprêter à embrocher jusqu'à la garde. C'est à la limite humiliant et dégradant. Mais bon, c'est le boss. Dans un petit quart d'heure, du moins je l'espère, je serais tranquille pour plusieurs mois.

Brusquement, il se colle à moi et je sens son gland qui force l'entrée de mon pauvre vagin. Je serre les dents et les poings, prête à encaisser la douleur qui ne manquera pas de survenir. Mais c'était sans compter sur ma petite chatte. La vaillante n'a peur de rien et se farcir un tel gourdin, c'est de la rigolade pour elle. L'homme donne un violent coup de reins qui le propulse en moi comme une fusée. Mes chairs intimes s'écartent brusquement pour laisser pénétrer l'intrus. Leur incroyable élasticité m'épargne une vive douleur, aidée en cela par le lubrifiant et des sécrétions vaginales abondantes. La nature est prévoyante et bien faite, même avec les gros cons comme le boss. J'en ai toutefois le souffle coupé, ce qui provoque un ricanement de satisfaction de sa part. Il a bien conscience que les dimensions hors norme de son sexe sont une source de sensations nouvelles pour ses partenaires.

Il me donne le temps pour m'habituer un peu à la rudesse de la pénétration avant de s'accrocher à mes hanches. C'est parti pour un tour ! Et il démarre fort, m'imposant immédiatement une cadence explosive. J'encaisse les coups de bites qui se succèdent à une vitesse impressionnante. Sa queue me remplit entièrement du cul jusqu'au nombril. Il est rare qu'avec mes partenaires, je me sente aussi pleine. Au début, j'avais pris appui sur mes coudes pensant que ça ne durerait pas longtemps. Or, le rythme qu'il m'impose m'oblige maintenant à m'allonger entièrement sur le bureau pour accompagner les mouvements du mâle. Mes tétons frottent sur le sous-main en cuir, ce qui les fait durcir en m'envoyant des décharges de plaisir dans la poitrine.

L'instant que je vis est merveilleux, d'autant plus que j'étais persuadée que ce serait tout le contraire. J'envoie une main entre mes cuisses pour attraper ses couilles. Celles-ci pendent si bas sous son corps qu'à chaque mouvement, elles se balancent et viennent frapper contre mon pubis. Elles emplissent ma main et sont lourdes, pleines, énormes. Je les malaxe pour attiser le plaisir de mon partenaire. J'avais souhaité en finir rapidement. Or, ce n'est plus le cas désormais. Ce mec me baise comme un pro et j'ai bien envie d'en profiter avant qu'il atteigne le point de non-retour et se vide les couilles.

Au fur et à mesure que les secondes s'écoulent, le boss me défonce de plus en plus vite et de plus en plus fort. Je commence à gémir et à couiner. Il est difficile pour moi de faire autrement, car mon plaisir monte en puissance. Ce qui me paraît incroyable, c'est que mon partenaire ne faiblit pas. Il souffle comme un taureau de combat, mais garde le rythme. Je suis secouée comme dans un grand huit, tandis que, dans mon ventre, c'est un véritable cyclone. Je perds toute notion, toute réalité. L'orgasme vient. Il explose avec une telle violence que j'en ai les jambes coupées. Je manque de m'écrouler. Mais mon baiseur n'est pas décidé à me lâcher. Il me tient fermement par les hanches tout en continuant à me pilonner comme une machine. Je happe l'air, tellement j'ai du mal à reprendre mon souffle. Je geins, je feule, je crie, je râle. Je suis au bord de l'évanouissement. Jamais aucun homme ne m'avait défoncée comme il est en train de le faire. Je crains un instant que son objectif soit de me fendre en deux en servant de son énorme bite comme d'une hache.

Un nouvel orgasme s'annonce. Mon corps ne m'appartient plus. Telle une naufragée dans la tempête, je m'accroche de toutes mes forces au bureau, tandis que ma chatte, en combattante aguerrie, encaisse les assauts de l'ennemi avec vaillance. J'évolue entre champ de bataille et fête foraine. Un autre orgasme survient, puis un autre et encore un autre. Ils se succèdent et je surfe sur ces vagues de plaisir avec bonheur. Je ne sortirai pas indemne de cette séance mouvementée de baise, c'est certain.

Brusquement, tout s'arrête. Je ne réagis pas. Mon boss m'attrape par les cheveux et me tire doucement en arrière. Il m'oblige ensuite à me mettre à genoux devant lui. À moitié hébétée, vidée de mes forces et de ma volonté, je me plie à ses exigences. Il se place tout près de moi et empoigne sa queue qu'il entreprend de branler à toute vitesse. Saoule de jouissance, je cède à ses caprices les yeux fixés sur la fente de sa bite, attendant avec impatience ce qui va en jaillir. Car je devine aisément qu'il a atteint le point de non-retour. Il avance son bassin, tire d'un coup sec sur la peau de son organe et pousse un cri effrayant. Immédiatement, mon visage, mes cheveux, mes seins sont arrosés par un sperme épais et abondant. Le salaud m'en met partout. Il en sort tellement que j'ai l'impression qu'il va me noyer. C'est juste irréaliste.

En prenant ses couilles dans ma main, je m'étais bien imaginé qu'elles contenaient de bonnes quantités de jus, mais certainement pas dans de telles proportions. Les muscles des cuisses contractés, il n'en finit pas de me gicler dessus en expulsant de grands jets blanchâtres. J'ai le visage barbouillé. Le sperme sur mes seins s'écoule vers le sillon qui les sépare et descend vers mon nombril. Il est brûlant comme de la lave et dégage une forte odeur.

Enfin, c'est fini. Je perds alors tout attrait pour mon baiseur. À genoux sur le parquet, je l'observe pendant qu'il se rhabille en vitesse. Il ramasse ensuite ma blouse et me la redonne.

— Vous devriez vous couvrir, vous allez prendre froid.

Je m'empare de ma tenue et me redresse. J'ignore ce que je dois faire. Mon regard cherche désespérément une porte qui m'indiquerait qu'il y a un cabinet de toilette, mais je ne vois rien. Je ne peux tout de même pas remettre ma blouse et sortir ainsi, couverte de sperme. Les collègues que je vais croiser vont forcément s'en apercevoir. Son attitude me fait comprendre que je ne vais pas avoir d'autre choix. Je passe ma main dans mes cheveux pour dissiper le foutre qui s'est répandu dessus, mais je ne parviens qu'à l'étendre encore plus. C'est une matière collante qui ne part pas facilement. J'enfile ma tenue dont le tissu adhère immédiatement à ma peau. Détrempée par la semence, elle se pare de nombreuses taches translucides qui sont sans équivoque. Je dois présenter un étrange aspect. L'image d'une salope qui vient de se faire défoncer par son chef et arroser de foutre. Autant dire que ma fierté va en prendre un sérieux coup.

Depuis l'autre côté du bureau, le boss m'observe avec, sur le visage, l'expression satisfaite du vainqueur. Je le hais.

— Je vous annonce, mademoiselle Angel, que vous avez réussi votre évaluation avec brio. Mon rapport vous parviendra prochainement.

Il me désigne la porte, m'invitant fermement à quitter les lieux. Juste avant que je ne franchisse l'embrasure, il m'interpelle une dernière fois.

— Vous voyez, mademoiselle, la performance n'est pas uniquement le privilège de la jeunesse.

3

Gros porc ! Je sors en claquant la porte aussi forte que possible, ce qui le fait éclater de rire. Les larmes me montent aux yeux. Pourtant, je ne peux m'en prendre qu'à moi. J'aurais dû refuser. Mais avais-je vraiment le choix ? Mon retard et mes nombreuses insubordinations avec ma hiérarchie auraient conduit mon dossier professionnel à frôler la ligne rouge. Je me suis offerte à ce salaud, il aurait pu au moins se comporter en gentleman. L'odeur de son jus de mâle qui commence à sécher partout sur moi agresse mes sens olfactifs. Maintenant, il me faut traverser tout le couloir pour rejoindre l'ascenseur et gagner le plus vite possible les vestiaires.

La tête baissée et les bras croisés sur ma poitrine pour dissimuler autant que possible les taches sur ma blouse, je me hâte en frôlant les murs vers les portes de la cabine. Heureusement pour moi, à cette heure, le personnel s'affaire dans les chambres. J'appuie sur le bouton d'appel et m'y engouffre dès qu'elle s'ouvre. Ouf, il est vide ! Direction le sous-sol et une bonne douche chaude qui m'aidera à oublier cette mésaventure et retrouver un corps frais. La seule qui semble ravie de cette baise brutale, c'est ma chatte qui vibre encore de l'énorme plaisir accumulé en se faisant défoncer par ce pilon de chair.

J'ai la chance de n'avoir croisé personne lorsque je parviens au vestiaire. En un tour de main, je me débarrasse de ma blouse souillée que je lance dans la panière de linge sale en ayant au préalable récupéré mes affaires. Dans mon casier, je m'empare de mon gel à la framboise. À présent, toute nue, je me dirige vers les douches. Au même moment, la porte du local s'ouvre en coup de vent. Surprise comme un lapin dans les phares d'une voiture, je me fige. Ma réaction est idiote et, avant que je ne bouge pour filer vers la salle d'eau, j'ai le temps de me faire reluquer de haut en bas par le mec de l'entretien qui se tient dans l'embrasure de la porte avec des yeux semblables à des billes.

Je me réfugie rapidement dans une des cabines de douche. À mon grand regret, elle n'a pas de vantaux que je pourrais boucler à double tour, mais seulement un rideau. Qu'est-ce que cet abruti fiche ici ? Je l'interpelle.

— Vous êtes dans les vestiaires des femmes, sortez immédiatement !

— Désolé, mais je dois réparer un robinet. Et puis, selon le règlement, nous sommes dans la tranche horaire réservée à la maintenance.

Il a raison. Le local a aussi besoin d'être entretenu, tout comme le reste du bâtiment. Il a donc été décidé que, pendant une fourchette d'heure, l'agent pouvait y entrer et que les femmes ne devaient plus s'y trouver, ceci afin d'éviter toutes situations gênantes et autres quiproquos.

— Alors, dépêchez-vous de remettre en état ce foutu robinet et de déguerpir !

— Le problème, c'est que ma réparation concerne la cabine dans laquelle vous êtes.

Ce n'est pas vrai, je suis maudite ? Je vais devoir quitter l'endroit pour lui laisser la place, mais je suis à poil. Désespérée, j'attrape le rideau, dans l'espoir de le décrocher pour m'en servir comme drap de bain. Mais cette saleté résiste.

— Merci de ne pas détériorer le matériel et de quitter la cabine pour que je puisse travailler.

Je perçois de l'amusement dans sa voix. L'enfoiré sait déjà que je ne vais pas avoir le choix. En position de force, il ne cherche pas à m'éviter l'humiliation de me présenter toute nue devant lui. Il insiste.

— Dois-je avertir le directeur que je ne peux pas effectuer mon travail ?

Suce-boules ! Je plaque une main sur mes seins et l'autre sur ma chatte avant d'écarter le rideau d'un mouvement d'épaule et de sortir. L'agent d'entretien se tient devant moi, rougeaud, le regard lubrique. Depuis que je suis en poste dans cette clinique, je ne l'ai croisé que deux fois dans les couloirs et il n'avait pas répondu à mes salutations.

— Voilà, vous êtes content ?

Il me mate de haut en bas avant d'esquisser un sourire narquois.

— Ben, vous pourriez enlever vos mains.

Chiche. Après tout, pourquoi je lui donnerais satisfaction en me laissant impressionner ? Mon attitude lui donne à croire qu'il est en position de supériorité, ce dont il se délecte. J'accède à sa demande en ôtant mes bras pour lui dévoiler mes parties cachées.

— Voilà, connard, rince-toi l'œil.

Surpris, il manque de s'étouffer. J'en profite pour retourner la situation en ma faveur. J'écarte les jambes et place mes doigts de chaque côté de mon vagin. Puis, je tire un peu sur mes lèvres intimes avant de basculer le bassin pour lui montrer l'intérieur.

Il rougeoie de plus belle et de la bave commence à couler à la commissure de sa bouche.

— Quoi, tu n'as jamais reluqué la chatte d'une fille ? À ton âge, c'est pitoyable !

Il réagit en essayant de se défendre.

— Bien évidemment que j'en ai déjà maté !

— Cool ! Puisque tu as l'air d'avoir assez de courage pour coincer une fille sous sa douche, sors le matos, que je puisse m'extasier moi aussi !

Pris à son propre piège, il recule.

— C'est bon, je m'en vais.

— Ce n'est plus la peine, maintenant que tu m'as vu à poil.

Je tourne les talons et retourne dans la douche en laissant le rideau ouvert.

— Si tu veux te faire du bien en me matant pendant que je prends ma douche, n'hésite pas. Je suis infirmière et je connais les besoins du corps, et ceux des hommes en particulier. Je pourrais même te dire si tu as déjà des problèmes de prostate. À ton âge, il faut surveiller.

Moi et ma grande gueule. Son regard change soudain et je comprends que je l'ai vexé. Il décide de reprendre le contrôle de la situation et, sans hésitation, il détache sa ceinture, laisse tomber son pantalon sur ses chaussures, baisse ensuite son slip et s'empare de sa queue qu'il se met à branler. D'abord doucement, puis de plus en plus vite. Il me fixe tout en poursuivant sa masturbation.

— C'est ce que tu voulais, non ?

Mes yeux se posent sur sa bite. Elle est d'une belle longueur qui oblige la main de son propriétaire à des mouvements de grande amplitude. Je tourne les robinets pour laisser couler l'eau qui sort à la bonne température de la pomme de douche sans le moindre problème technique.

— Je croyais que ce robinet était cassé.

Il sourit, ajoutant d'une voix plus rauque.

— J'ai dû me tromper de cabine.

Je me suis fait avoir. Et bien peu importe. Je ne cherche pas à l'interrompre et, tout en l'observant en train de se donner du plaisir, je m'empare de mon gel douche et entreprends de me laver. L'eau sur ma peau est un pur bonheur. Des senteurs de framboise envahissent la cabine pour ma plus grande joie. Le mec de l'entretien s'active toujours et je décide de me moquer de lui en cherchant à le provoquer encore plus. De mes mains, je me savonne le corps en insistant de manière langoureuse sur mes seins, mon ventre et ma chatte. Je pousse de petits gémissements de satisfaction. Immédiatement, l'autre devient dingue. Il accélère sa masturbation, le souffle haletant, les yeux hors de la tête. Il ne perd pas une miette de ce que font mes mains. Je vais rapidement être débarrassée de lui. Et c'est effectivement ce qui finit par se produire. D'un mouvement sec, il cambre les reins et avance le bassin vers moi. Les muscles de ses cuisses se raidissent et tremblotent sous la contraction et l'effort. Quelques secondes plus tard, il éjacule son sperme. Les jets sont courts et sortent en rafales tandis qu'il gobe l'air avec de grandes aspirations. Sa semence s'écrase sur le carrelage de la salle de douche avec de petits « plops ». Malgré la situation, je ne peux m'empêcher de penser que c'est du gâchis. Mais il n'était pas question que ce mec se répande sur moi. J'ai eu mon content de jus de mâle pour aujourd'hui.

Il ouvre les yeux, étourdis par la force de sa jouissance. Je fais couler un peu de gel au creux de ma main et puis, je m'approche de lui, empoigne sa bite dont je décalotte encore plus le gland et la savonne délicatement.

— L'hygiène chez un homme, c'est essentiel s'il veut que les filles se laissent baiser. Voilà, allez la rincer et sécher bien avant de la ranger soigneusement, elle peut resservir.

Il me sourit dans une attitude de garçonnet. Puis, il remonte son slip et son pantalon jusqu'à mi-cuisse pour gagner les lavabos. Comme je n'ai aucune envie d'assister à ses ablutions, je tire le rideau et retourne aux miennes. Depuis ma prise de poste ce matin, je me suis déjà fait sauter par le DRH et j'ai assisté à la branlette de l'agent d'entretien. Je me demande ce qu'il va encore m'arriver.

4

Je m'étire dans tous les sens et ouvre lentement les yeux. De la lumière filtre par les volets roulants, signe que la journée sera belle. Enfouie au chaud sous l'épaisse couette de mon lit, je suis bien et je n'ai aucune envie de bouger. J'ai dormi seule et, comme je ne peux pas fermer les yeux sans avoir fait l'amour, j'ai donc eu recours à mon partenaire électronique. Il y a quelques mois, je me suis acheté un œuf vibrant connecté à mon smartphone. Une fois glissé dans mon vagin, j'ai lancé l'application pour qu'il se déclenche à intervalles réguliers. Cet engin, c'est un truc incroyable. On peut le programmer et le régler selon nos envies. Collé contre mes parois intimes, l'œuf envoie des vibrations dans tout mon bas-ventre qui se transforment en ondes de plaisir. J'ai joui comme une dingue en me tortillant dans tous les sens et en sautillant comme une folle, prise de spasmes et de violents tremblements dans tous les corps. Je me suis aussi mordu le poing jusqu'au sang pour ne pas hurler de plaisir et être entendue des voisins. Un investissement que je ne regrette pas, même si cet appareil ne remplace pas un vrai partenaire.

Les envies physiques sont satisfaites, mais la tête et le cœur, un peu moins. Et puis un sex-toy n'éjacule pas. Et moi, j'en ai besoin. Franchement, un mâle, ses odeurs, sa sueur, sa force, ses poils ou encore sa semence, il n'y a rien de meilleur au monde pour prendre un super pied.

Hier, après ma douche pour me débarrasser des souillures du DRH, j'ai enfin pu rejoindre mon service. La journée s'est passée sans autre intermède érotique. J'ai fait quelques soins, classé des papiers, tapé des rapports et bu des cafés. Je suis rentrée fourbue, j'ai plongé dans mon lit. Après plusieurs orgasmes pour me libérer des tensions, je me suis endormie comme une souche. Ce matin a lieu l'intervention du nez de la patiente indienne qui occupe une chambre dans mon service. Je dois absolument m'assurer que tout sera en ordre lorsqu'elle remontera du bloc opératoire.

Cette fille est une des plus sympathiques que nous ayons accueillies à la clinique depuis que j'y travaille. En général, les clientes ne sont pas toujours très avenantes avec le personnel et ce n'est pas facile tous les jours. Jusqu'à présent, elle s'est montrée très gentille avec tout le monde et c'est pourquoi je veux qu'elle soit détendue et sereine pendant les jours de convalescence qui vont suivre l'intervention. Motivée par la perspective de faire plaisir à cette personne que j'affectionne particulièrement, je bondis de mon lit pour aller me jeter sous une douche. J'en profite pour retirer l'œuf vibrant de ma chatte, qui accepte difficilement de me le rendre. La gourmande apprécie ses effets. Je me sèche et m'habille. Puis, après avoir attrapé mon sac, je quitte mon appartement pour rejoindre ma petite Toyota garée en bas de mon immeuble.

La circulation est toujours aussi dense, alors, je prends mon mal en patience. Je ne suis pas en retard et je n'ai aucun entretien de prévu avec le DRH. Comme tous les jours, je gagne le parking du personnel pour y déposer ma voiture, puis le vestiaire pour me changer et mettre ma tenue d'infirmière en m'assurant d'être totalement nue en dessous. Tant qu'à incarner un cliché autant que ce soit pour être plus à l'aise. Puis, je gagne mon service. Après le débriefing avec les collègues, chacun vaque aux tâches qui lui sont dévolues.

Le lit poussé par les brancardiers apparaît au bout du couloir en fin de matinée. Je sais déjà que l'opération s'est bien passée. La jeune Indienne est endormie. L'anesthésie s'est faite en local, mais comme l'intervention a eu lieu très tôt, je pense que la fatigue a eu raison d'elle. Mes deux collègues la reconduisent à sa chambre et repartent aussitôt. Je les remercie et m'assure que tout est en ordre avant de sortir à mon tour pour la laisser se reposer.

Vers la fin de la matinée, je retourne la voir et contrôler que tout va bien. Toujours endormie, la fille est étendue sur son lit. Dans son sommeil, sans en prendre conscience, elle a repoussé les draps. Son corps à la peau hâlée se dévoile à moi dans toute sa splendeur. Elle est nue, ses cuisses légèrement ouvertes m'offrent une vue merveilleuse sur sa vulve aux lèvres brunes, au sillon humide. Je crois vous l'avoir déjà dit, la baise avec une personne du même sexe que moi, ce n'est pas trop mon trip. J'ai besoin d'être prise, dominée par un partenaire dur et fort. Ma chatte ne peut se passer de pénétration par un membre viril pour accéder au plaisir. Mon clitoris apprécie la caresse de doigts vigoureux et le contact rugueux d'une barbe bien râpeuse.

J'aime l'homme, j'en ai besoin tous les jours. Le mâle est mon alter ego sexuel, mon yin à mon yang orgasmique, ma faiblesse qui me donne de la force. La nature a choisi de faire de nous des êtres sexués soumis à des besoins qu'il nous faut assouvir pour notre équilibre corporel et psychologique. Je n'ai pas fait le choix de mon corps de fille et ses contraintes, mais je peux l'assumer. La nourriture, le sommeil, le sexe sont ses principaux besoins et j'y réponds pour qu'il conserve un équilibre parfait. Et si je peux lui assurer les deux premiers sans l'aide de personne, pour le sexe, il me faut avoir recours à un mâle et sa semence pour que sa satisfaction soit totale. Ça n'a rien du comportement d'une nymphomane, c'est juste l'œuvre de la nature et du processus qu'elle impose à l'être humain pour perpétuer son espèce. Un mâle, une femelle, des spermatozoïdes et des ovules. Et la meilleure manière de faire, c'est la rencontre de tout ce petit monde.

Mais cette fille au corps sublime, allongée dans une posture érotique, me trouble. J'ai presque honte de l'observer ainsi, profitant de cet instant d'abandon. Je m'approche du lit. Hormis le pansement qui orne son nez et gâche son visage, elle est parfaite. Je l'envie. Les hommes doivent tomber à la renverse. Il émane d'elle une aura de princesse hindoue qui transporte mon imaginaire vers des contrées lointaines. Je me la représente lascivement allongée sur un immense lit rond. Autour d'elle, ce ne sont que tentures de soie rouge et safran, bijoux en or sertis de rubis et d'émeraude, palais de marbre et d'ivoire. Une vision fantasmée des mille et une nuits. Une projection dans laquelle j'adorerai jouer un rôle. Mâle ou femelle. À la fois prince revenant d'un long périple et amante secrète et interdite. Brûler du feu d'un désir ardent pour son corps. La soumettre à mes bas instincts, tout en n'osant la toucher de peur de briser cette fragilité féminine. À cet instant, je voudrais être un homme pour me délecter de cette beauté. Avoir le pouvoir de me faire pousser une verge et la bander pour entrer de force dans le sillon humide à la jointure de ses cuisses, d'où perle maintenant une goutte scintillante. J'ai le ventre en feu. Quoi que j'utilise comme substitution au membre mâle que je ne possède pas, jamais je ne ressentirai ce que peut être la sensation de pénétrer dans ce paradis prometteur et de m'y perdre. Sans les connaître, je maudis les hommes qui y sont entrés, peut-être même n'ont-ils pas eu conscience qu'il venait d'atteindre le nirvana.

Je dois redescendre sur terre et considérer qu'elle est seulement une cliente qui sera partie dans trois jours et que je ne reverrai sans doute jamais. Je détourne le regard. L'espace d'une seconde, il me semble qu'elle m'observe derrière ses paupières closes. Pas très à l'aise avec cette idée, j'entre dans la salle de bains pour faire semblant d'y mettre un peu d'ordre. Debout devant le lavabo, je scrute mon reflet dans le miroir. Le rouge sur mes joues témoigne de la chaleur du désir qui enflamme mon corps. D'un geste sec, je dégrafe ma blouse. Les pointes de mes seins sont dressées vers le ciel. Elles sont devenues d'une sensibilité extrême, presque douloureuse. D'instinct, mes mains viennent les emprisonner. Puis mes doigts commencent à les agacer et les pincer. Je gémis. Une véritable chienne en chaleur. Des ondes de plaisir partent de ma poitrine vers mon ventre. Ma chatte se met à baver sans retenue. Elle se lubrifie à grand renfort de cyprine qui est si abondante qu'elle coule le long de mes cuisses. Je vais exploser et me disperser dans l'atmosphère. Mes doigts continuent de s'agiter sur mes mamelons. Je suis au bord de l'orgasme. Mes jambes se mettent à trembler. La tête me tourne. Il faut que quelqu'un vienne à mon secours. Je vais défaillir. J'oublie où je me trouve. Peu importe que l'on me surprenne. Je dois aller jusqu'au bout, c'est une question de survie. Je lance une main à l'assaut de mon clitoris. Avec mon majeur, je le libère de son petit capuchon aux multiples replis et je le frotte en décrivant des mouvements circulaires.

Je ferme les yeux et je n'ai que le temps de m'accrocher au lavabo. L'orgasme d'une fulgurance inouïe me frappe de plein fouet. Mes jambes, privées de toute énergie qui s'est brusquement concentrée dans mon ventre, se sont dérobées. J'ai joui en silence, étouffant mes cris dans ma gorge, bouche ouverte, haletante. Mon cœur cogne dans ma poitrine et mes oreilles bourdonnent. J'ai besoin d'un temps pour apaiser mon corps. Je demeure devant le lavabo, auquel mes mains sont toujours agrippées, attendant que ma respiration retrouve un rythme normal. Paupières closes.

Quand enfin, je les ouvre à nouveau, mes yeux croisent ceux de l'Indienne. Elle se tient derrière moi et son regard de braise est plongé dans le mien.

5

Je tente de refermer ma blouse d'un geste maladroit. Ses yeux sont plantés dans les miens et j'en ressens un trouble intense. Elle s'avance, se colle contre moi. Les pointes de ses seins sont aussi dures que les miennes. Je vis un rêve. Ses doigts se faufilent sous ma blouse pour s'emparer de mes tétons qu'elle entreprend de malaxer avec des mouvements lents. Le plaisir revient aussitôt à la charge, prodigué cette fois par une partenaire que je n'espérais pas. Puis, sa main droite quitte ma poitrine pour se diriger vers mon pubis en caressant mon ventre. Mon état est indescriptible. Je suis en train de perdre complètement la tête. Mes sens explosent.

Avec une délicatesse toute féminine, elle explore de ses doigts longs et fins les mille feuilles de chair que sont les replis de ma vulve. Je ruisselle. C'est un véritable torrent qui coule sur mes cuisses. Elles fouillent, tâtent, expérimentent pour mon immense bonheur, mon intimité qui renaît de ses cendres. Elle entre en moi avec douceur, s'immisce entre mes lèvres intimes, écarte mes parois vaginales, explore ma grotte secrète. Sa seconde main, encore affairée sur mes seins, part rejoindre la première pour se consacrer à mon bourgeon de jouissance.

Elle le caresse délicatement et celui-ci répond en se gorgeant de sang, adoptant une dimension qui me semble énorme. Le plaisir s'accumule de plus en plus vite dans mon ventre. Les gestes de ma partenaire sont doux et précis à la fois. Elle sait s'y prendre avec une fille et je ne suis certainement pas sa première expérience. Elle est sublime, angélique. Ses yeux d'un noir profond dardé sur moi me délivrent un message d'un érotisme torride. Elle est décidée à me faire jouir. À m'expédier par-delà les étoiles vers un univers encore inconnu pour moi.

À la fois submergée de honte et d'envie, je me laisse faire. Face au miroir, je vois l'image de cette fille derrière moi, dont les mains s'activent sur mon intimité, mais aussi mon propre reflet dans une attitude qui ne me met pas en valeur. Car il faut bien le dire, nous faisons tous une tête bizarre pendant que l'on prend son pied. Et en cet instant, je suis un peu ramassée sur moi et je halète, la bouche ouverte, le visage crispé. Le plaisir qui gonfle dans mon abdomen me domine et ordonne. Pour échapper à cette vision, je ferme les yeux. Même si ma partenaire me trouve ridicule dans cette position, je ne peux plus renoncer. Elle a commencé et doit maintenant me finir. C'est la règle du jeu. Heureusement, elle semble bien décidée à terminer ce qu'elle a entrepris. Comprenant que je suis au bord de la jouissance, elle amplifie ses mouvements. Ma respiration s'accélère rapidement, les tremblements apparaissent. Mon rythme cardiaque explose. Puisqu'elle a observé l'orgasme précédent que je me suis donné seule, elle veut m'aider. Sans cesser de me caresser, ses avant-bras se resserrent autour de mon bassin afin de me soutenir si, une fois de plus, mes jambes me lâchent. Ainsi, je peux profiter pleinement du plaisir qu'elle m'offre et, cette fois, c'est un véritable déferlement qui jaillit dans mon ventre.

Je jouis en criant. Impossible de me retenir. Dans mon dos, je perçois un tressaillement de surprise de ma partenaire. Elle ne s'attendait sans doute pas à une telle manifestation de ma part. Je suis gênée, mais je n'y peux rien. Loin de cesser ses caresses, elle les amplifie. Je me mets à râler comme une mourante à l'agonie. Ce qu'elle me fait subir est sans précédent dans ma vie. Ses doigts déclenchent le bouton des orgasmes multiples. J'ignorais que j'en avais un et serais bien incapable de le situer. Mais cette fille l'a trouvé et, sans m'avertir, elle a pressé dessus. Je tressaute, secouée de spasmes violents. Mes jambes sont comme prises de folie. C'est une véritable danse du plaisir que j'exécute, les mains agrippées au lavabo et soutenues par ma partenaire. Je n'arrive pas à récupérer mon souffle et je couine comme une truie. J'essaie de me dégager, mais la fille me tient fermement tout en continuant à branler mon clitoris, ma chatte et je ne sais quoi d'autre, ce qui me met dans un état pas possible. Mon visage déformé par les crispations est hideux. Les orgasmes sont si rapprochés que je ne parviens plus à respirer suffisamment pour m'oxygéner et je finis par m'écrouler sur le carrelage de la salle de bains, ce qui me libère enfin.

Assise en tailleur, nue sous ma blouse débraillée, je me fais l'effet d'être une fille saoule à la sortie d'une fête étudiante. Ma tête dodeline de droite à gauche. Je m'essuie la bouche d'un revers de la main, ce qui me fait comprendre que j'ai bavé sans m'en rendre compte. Étourdie par la jouissance et l'immense décharge d'énergie que je viens de subir, j'ai une réaction totalement inattendue, j'éclate en sanglots. La fille s'assoit alors à côté de moi. Avec des gestes maternels, elle m'invite à poser ma tête sur ses seins. Je me laisse guider. Ils sont fermes, doux, chauds, rassurants. Je m'endors paisiblement au contact de cette chair que j'ai tant souhaité toucher.

J'ingurgite mon café par petites gorgées, les yeux dans le vague. Quelques minutes auparavant, je me suis réveillée en sursaut, blottie contre ma belle Indienne. Honteuse et rongée de remords, je me suis libérée de ses bras qui s'étaient serrés autour de moi pour bondir hors de la salle de bains. Au moment de quitter la chambre, j'ai remis de l'ordre dans ma tenue et je me suis précipitée dans la salle des infirmières pour me faire couler un café et m'écrouler sur une chaise. Je rêvais de me taper cette fille, mais ce que je viens de vivre relève d'autre chose que d'une simple séance de baise lesbienne et ça me fait peur. Elle m'a envoûtée, ensorcelée. Je refuse d'admettre que j'ai pu ressentir un coup de foudre pour une fille. Pas moi. Ce n'est pas possible. S'il y avait un homme présent dans la salle, je crois bien que je lui sauterais sur la queue pour la bouffer et me l'enfiler afin de me rassurer. Elle doit partir le plus tôt possible et je ne veux plus la voir jusqu'à ce qu'elle quitte la clinique.

Mon cœur et mon cul sont aux hommes. D'ailleurs, ce soir, Jim vient chez moi. Il aura intérêt à être à la hauteur de mes attentes. Je vais avoir besoin de tout son savoir-faire pour me rassurer et endiguer mon angoisse.

6

Je fais tournoyer ma langue autour de son gland gonflé, prêt à exploser. Je sais qu'il est au bord de l'orgasme et qu'il déploie d'immenses efforts pour ne pas éjaculer. De mon côté, je dose mes caresses, que ce soit avec ma bouche ou ma main, pour faire durer son plaisir le plus longtemps possible. Jim a le souffle court. Ses gémissements déclenchent une lubrification intensive de mon vagin. Je sens ma mouille couler le long de mes cuisses. C'est fabuleux. Tandis que je le masturbe en prenant soin de ne pas trop tirer sur sa bite pour ne pas le faire jouir trop vite, de mon autre main nichée entre mes cuisses, je caresse mon clitoris. C'est délicieux. Je suis aux anges.

J'ai commencé une fellation et à présent, je me demande ce que je dois envisager pour la suite. Allongé sur le lit, Jim est à ma merci, et vu le sourire béat sur ses lèvres entrouvertes, il a l'air satisfait de mon initiative. Je sais ce qu'il attend de moi. Comme tous les mecs, quand une fille les suce, ce qu'ils veulent, c'est qu'elle aille jusqu'au bout et accepte qu'ils jouissent dans sa bouche. Je dois bien reconnaître que c'est excitant au possible. Entendre le garçon râler de plaisir en lâchant son sperme, ce sont quelques secondes d'une intense ferveur masculine qui nous donne, à nous les filles, un incommensurable sentiment de pouvoir. Entre cinq et dix jets de semence, qui exige un laps de temps au cours duquel l'homme est à notre merci. Lors de cette petite mort, il redevient si fragile et vulnérable qu'il suscite une étrange envie de bienveillance. Un moment que j'adore par-dessus tout. Puisque la nature m'a attaché au corps des mâles, autant en apprécier toute la quintessence. J'aime faire jouir les hommes sans toutefois m'oublier. Mon plaisir est tout aussi important que le leur. Comme toutes les femmes, il est complexe, exigeant, bien plus intense et persistant que celui de nos compagnons. C'est pour cette raison que je possède toute une panoplie de sex-toys, dont l'unique but est de me faire grimper vers des sommets qu'il est rare de côtoyer avec un partenaire. Je connais mon corps et je sais comment l'emmener sur les terres du plaisir qui sont la plupart du temps impossibles à atteindre pour les mecs.

Ce n'est d'ailleurs pas Jim qui me dira le contraire. J'ai repris mes caresses buccales. Mes lèvres mouillées avec excès par ma salive glissent le long de son sexe tendu comme à l'extrême. Ma langue en tâte la texture en suivant les reliefs dessinés par les veines qui parcourent cet outil divin. C'est sans aucun doute ce que la nature a su créer de mieux. La peau est douce et veloutée. Le gland et son renflement sont une merveille d'ergonomie pour mes lèvres qui ne se lassent pas d'aller et venir dessus. Il ne fait aucun doute que la queue du mâle est faite pour être dégustée et je ne m'en prive pas.

Je libère sa bite pour me consacrer à ses couilles. Bien à l'abri dans leur sac à la peau souple et fripée, les deux coquines n'attendent que moi. Sans hésitation, je les gobe. L'intérieur de ma bouche les soumet à une brusque montée de chaleur qui provoque chez mon partenaire une nouvelle salve de gémissements plus intenses. J'ignore comment il parvient encore à se retenir de ne pas gicler. Ce qui ne serait pas pour me déplaire. Je fais rouler les deux glandes d'une dureté intrigante sous ma langue. Elles emplissent complètement ma bouche et j'ai l'impression que je vais étouffer. Je dois d'ailleurs prendre garde que mes voies nasales soient libres si je veux continuer à lui bouffer les couilles et à respirer en même temps.

La toison pubienne de Jim est abondante. Noire et bien fournie. J'adore y plonger le nez pour humer les odeurs masculines qui s'en dégagent. Une énorme quantité de phéromones qui explosent mes sens en prenant le contrôle de mes hormones, faisant de moi une femelle subjuguée par l'attraction du mâle et prête au coït. Je continue mon petit manège érotique, alternant entre son phallus à l'arrogance dressée et ses testicules qui n'en finissent pas de gonfler et durcir. De mon côté, mon autre main est plongée entre mes cuisses trempées de lubrification vaginale. J'active mon majeur sur mon clitoris pour le titiller afin de me procurer aussi du plaisir. C'est un pur délice. Un énorme orgasme est en train de s'accumuler graduellement au creux de mon ventre. C'est comme si des fluides drainaient toute mon énergie pour la concentrer vers ce petit bouton, ultime point névralgique de la jouissance féminine.

Mon esprit se déconnecte pour laisser parler mon corps. Celui-ci est avide d'ocytocine et d'endorphine. Il revendique un plaisir sans entrave. Chaque centimètre de ma peau est hérissé. Je gémis malgré moi. Mon doigt s'active de plus en plus vite sur ma minuscule crête gorgée de sang. Je suis prise de tremblements. L'orgasme va venir me faucher en pleine fellation. Je dois ralentir la cadence et me concentrer sur la bite de Jim.

Une perle transparente se forme au bout de son méat tandis que sa respiration est de plus en plus haletante. Il oscille maintenant entre jouissance et souffrance. Aussi, je choisis d'écourter l'épreuve. Il s'est suffisamment retenu pour mériter que je lui accorde son plaisir.

Je le voudrais tellement explosif pour voir briller dans ses yeux, ces fameuses étoiles décrites par les poètes. Je n'ai plus que quelques secondes pour décider sur quelle partie de mon corps, je vais lui faire déverser sa semence. Je crois qu'il a mérité un meilleur traitement qu'une simple éjaculation sur ma peau. Ma bouche se referme sur son gland et je creuse ma langue en un unique sillon, tandis que je me mets à le branler violemment, tirant sans ménagement sur sa verge énorme.

Le résultat est immédiat. Jim émet un cri guttural, happant l'air comme un noyé. Une grimace déforme son visage en même temps que son corps se raidit. J'ai l'impression de devenir folle. Un sperme crémeux et gluant se répand en longs jets dans ma bouche. C'est brûlant. Je défaille de bonheur. Inconsciemment, je compte les giclées sachant qu'il me faudra freiner les mouvements de ma main pour ne pas transformer le plaisir en douleur. Le pénis est un organe qui devient d'une sensibilité extrême une fois qu'il a craché tout son contenu. Il a aussi la tendre particularité de se recroqueviller comme un animal blessé une fois les testicules vidés. Quelquefois, je me surprends à imaginer ce que c'est de jouir avec un tel instrument ou de l'enfoncer dans le ventre d'une fille à grands coups de reins. Je ne sais pas si j'aurais apprécié d'être un garçon pour une vie entière, mais pour quelques heures, je tenterais bien l'expérience.

Le corps de Jim, tendu comme un arc sous l'éjaculation, retombe comme un animal mort et se détend. Il ouvre doucement les yeux. Pour ajouter à son plaisir, je lui montre l'intérieur de ma bouche empli de son sperme. Il a soudain un geste surprenant. Il attrape ma tête en plaquant ses mains de chaque côté et m'attire à lui pour m'embrasser à pleine bouche. Nos langues s'enroulent dans un mélange de salive et de semence masculine. La saveur est douce et forte à la fois. Bien peu d'hommes acceptent de goûter leur sperme, alors qu'ils trouvent tout à fait normal d'éjaculer dans la bouche d'une fille. La culture pornographique d'Internet a tronqué les règles du jeu. La vérité, c'est que rares sont les femmes qui aiment recevoir des flots de sperme sur la langue, comme on peut le voir dans les films de cul. La texture crémeuse et collante de ce liquide n'est pas agréable. Quant à l'odeur et au goût, il existe des choses beaucoup plus savoureuses à ingurgiter.

Les mecs devraient comprendre que si nous acceptons de le faire, c'est uniquement pour amplifier leur jouissance. Car n'en déplaise aux féministes pures et dures, j'ai besoin, comme beaucoup de filles d'ailleurs, de m'assurer que l'homme a pris beaucoup de plaisir avec moi. S'il existait une certification « bon coup » ou la médaille d'or de la partenaire sexuelle, je ferais tout pour l'obtenir. Lire la jouissance sur le visage du mâle avec qui je baise me donne une étrange sensation de travail accompli. Il s'agit sans doute d'un instinct ancestral primaire, inhérent à la femelle de l'espèce humaine, et néanmoins indispensable à ma satisfaction. Et ce que je lis à cet instant sur celui de Jim la pousse à son comble.

Sa voix rauque transperce le silence qui n'était, pour le moment, que troublé par nos respirations à la recherche d'un apaisement.

— Putain, c'était trop bon. Tu m'as fait exploser la tête.

Je roule sur le dos pour m'allonger à côté de lui. Les mouvements de ma main glissée entre mes cuisses reprennent un rythme plus rapide. J'écarte les jambes au maximum pour libérer ma vulve et ainsi permettre à mes doigts d'y pénétrer. Dominé par mes sens, je branle ma chatte avec frénésie. Au bord de l'orgasme, je pousse des cris de femelle en chaleur. Le monde entier peut bien me regarder, je m'en moque. Je veux accumuler un énorme plaisir, jouir sans entrave.

Ayant recouvré ses esprits, Jim vient à mon secours. Sa bite n'a pas encore repris de la vigueur et je vais sûrement devoir apporter mon expérience pour la faire à nouveau durcir. Mais dans l'immédiat, il est dans la période réfractaire inévitable pour tous les mecs après l'éjaculation. Pour se faire pardonner, il a décidé de m'envoyer valser dans le firmament des étoiles en se servant de ses mains et de sa langue. Il lape ma chatte en insistant à chaque passage sur mon petit clitoris. Celui-ci tente désespérément d'échapper à ce traitement en se réfugiant sous son capuchon de peau que Jim maintient écarté avec le pouce de sa main posée sur son mont de Vénus. Avec son autre, il force mes chairs intimes pour y enfoncer plusieurs doigts. Aussitôt, ce ne sont pas des papillons qui évoluent dans mon ventre, mais une véritable escadrille de bombardier.

Le plaisir tapi depuis le début de notre séance de baise n'attendait que les connaissances expertes de mon partenaire pour se transformer en un orgasme d'une violence inouïe. J'ai l'impression qu'un feu infernal enflamme mon cul. Jim a décidé de me rendre la pareille et il déploie des trésors d'inventivité pour y parvenir. Un liquide chaud gicle de mon vagin et inonde sa main et les draps. Je ne cherche pas à le retenir. Il fait partie du processus que mon corps met en place pour jouir. Je pousse des cris qui doivent s'entendre à des kilomètres à la ronde. Et puis, soudain, c'est comme un déclic. Le monde et même l'univers se volatilisent autour de moi. Ma tête, mon cœur, mon ventre, ma chatte explose, noyés de jouissance. Je flotte dans un bain d'une plénitude infinie, quelque chose qui pourrait presque s'apparenter à un voyage astral. Je ne suis plus une fille, une femme, une femelle, mais juste un corps inondé d'hormones du plaisir. Je décolle vers ce firmament tant convoité. Les paupières closes, la bouche entrouverte, je me donne le temps de savourer ce merveilleux instant. Mais mon désir n'est pas repu et en réclame encore plus. Un feu au cul, c'est en l'activant avec un tisonnier qu'on le transforme en brasier. Et justement, ça tombe bien, car ce tisonnier, Jim en possède maintenant un vigoureux entre les jambes.

Redynamisé par le spectacle de mon corps exposé comme une offrande, son sexe a retrouvé la consistance et la chaleur d'une barre de fer chauffée à blanc. D'une voix troublée par le plaisir encore latent, je l'invite en quelques expressions bien senties à grimper sur moi et l'enfoncer dans ma chatte brûlante. Le temps de trouver une position confortable, et Jim commence à donner de grands coups de reins d'une force qui m'apparaît comme inimaginable. Ce mec est un baiseur né qui sait comment défoncer une fille et la faire crier de plaisir. Mon corps répond aussitôt à cette nouvelle stimulation sexuelle. Le bassin de Jim avance et recule à une vitesse folle. Sa bite gorgée de sang et gonflée à bloc est énorme. Elle ressort entièrement de mon ventre avant d'y replonger en écartant mes chairs intimes sans ménagement. Ses couilles lourdes viennent battre contre mon anus en me promettant d'être bientôt inondées par les incroyables quantités de semence épaisse qu'elles contiennent.

Je relève mes jambes que je maintiens le plus haut possible avec mes mains afin de faciliter la pénétration du membre mâle et de la rendre plus profonde. Le torse de Jim écrase mes seins et les poils, dont il est abondamment fourni, irritent mes mamelons qui ont manqué d'attention jusqu'à présent. J'essaie de lancer mon bassin à la rencontre de celui de mon partenaire, mais c'est inutile. Jim contrôle la situation et paraît vouloir mettre un point d'honneur à être le mâle qui couvre sa femelle. L'expression est un peu vulgaire, mais elle illustre parfaitement le tableau que nous devons offrir à cet instant, celui de deux humains qui niquent comme des porcs.

Je me laisse donc aller. Sa queue me procure des sensations extraordinaires et semble vouloir atteindre un point au plus profond de mon vagin, ignoré à ce jour, encore inexploré par l'homme. Je ne sens plus ni mes jambes ni mon ventre. Tout le bas de mon corps est devenu insensible en dehors de ma chatte métamorphosée en un monstre vorace qui aspire la bite qui la pilonne, donnant l'impression d'être dotée d'une vie propre. À ce rythme dingue, nous n'allons pas tenir bien longtemps. C'est d'ailleurs moi qui ouvre la danse de la jouissance. Mon corps est secoué comme s'il était parcouru par une décharge électrique d'un voltage inouï. Ma tête part en arrière et je laisse échapper des cris saccadés qui s'achèvent dans un long râle d'agonie. Un deuxième orgasme me terrasse en me vidant de toute l'énergie qui me reste. Pantelante, je tente de maintenir ma position, ce qui me demande beaucoup d'efforts, afin de permettre à Jim d'avoir le temps d'éjaculer son sperme et de prendre son pied.

Le rythme de ses coups de bite, ainsi que leur amplitude, ne faiblit pas. Je sens rapidement poindre un nouvel orgasme dont je crains fort, cette fois, qu'il ne me tue pour de bon. Heureusement, la nature vint à mon secours, même si je jouis une fois encore, en glapissant comme une chienne. Dans un concert de bruits qui relèvent plus de la bête que de l'homme en plein coït, Jim libère brusquement sa semence. Le premier jet surgit du méat comme un coup de fouet en percutant le fond de ma matrice. Son impact envoie dans tout mon corps des ondes de plaisir et une chaleur de folie. Emporté par sa jouissance, il se raidit sur moi. Lourd comme un cheval mort, la queue secouée de spasmes, il se vide copieusement les couilles en une dizaine d'éjaculations abondantes. Noyée de sperme, ma chatte pompe tout jusqu'à la dernière goutte, comme la gourmande qu'elle est.

Je suis couverte de sueur. La baise avec Jim donne toujours lieu à des moments terriblement intenses. Repue de jouissance et de semence mâle, ma petite chatte est enfin apaisée, me donnant ainsi un peu de répit jusqu'à son prochain réveil. Elle ne manquera pas alors de me faire savoir ses exigences qu'une fois de plus, je devrai combler. Affamé et assoiffé, je propose à mon amant un soda frais et une part de pizza qui restait dans le frigo. Il accepte volontiers. Nous expédions cette collation pour apaiser nos estomacs et recharger nos batteries. Puis, nous nous endormons rapidement dans les bras l'un de l'autre.

7

À mon réveil, Jim est déjà parti. L'absence de son corps et de sa chaleur me frustre. Je glisse une main entre mes cuisses pour enfoncer deux doigts dans ma chatte que je porte ensuite à mon nez pour humer son odeur. J'ai envie de sexe. Mais ce n'est plus le moment pour ça. Si je traîne encore au lit, je vais de nouveau être en retard à mon travail. Je me glisse dans la salle de bains pour prendre une bonne douche chaude et j'avale un rapide café avant de partir pour la clinique.

Comme tous les jours, c'est la routine. Parking, vestiaire, service, débriefing, soins, ennui. Je ne peux pas prétendre que mon travail m'éclate, même si mon nouveau poste est bien moins stressant que le précédent. Ce matin, je dois m'assurer de la cicatrisation des lèvres de la patiente anglaise. Je quitte la salle des infirmières pour me rendre dans sa chambre.

— Bonjour, madame Scott !

— Bonjour.

— Je dois regarder si tout se passe bien.

Je soulève les draps délicatement et je lui demande d'écarter les jambes. Elle se plie à mes directives pour m'offrir une vue plongeant sur sa vulve imberbe. Bien évidemment, l'intervention est une réussite en bonne voie de la guérison. Elle aurait même eu la possibilité de retourner plus tôt chez elle. L'hospitalisation qui suit l'opération a pour but de rassurer la patiente uniquement et de faire entrer des fonds dans la caisse de la clinique.

Tandis que j'inspecte l'intimité de mon Anglaise, celle de l'Indienne s'impose dans mon esprit. Je ne l'ai pas revue depuis notre intermède sexuel dans le cabinet de toilette de sa chambre. J'ai une trouille bleue de me retrouver devant elle et de perdre tous mes moyens.

— Il y a un problème ?

Je suis brusquement tiré de mes songes par l'Anglaise qui s'inquiète de mon silence.

— Non, tout va bien. Le médecin passera dans la matinée.

Je rabats les draps sur elle et, après lui avoir souhaité une bonne journée, je quitte la chambre. Tandis que je remonte le couloir en direction de la salle des infirmières, je tombe nez à nez avec l'Indienne qui sort de sa chambre. Nos regards se croisent et je baisse les yeux.

— J'ai besoin de vous parler.

Sans attendre ma réponse, elle m'attrape par la main et m'entraîne à l'intérieur de sa chambre. Puis, elle pousse la porte et la ferme à clé. Muette de stupeur, je recule lentement.

— N'ayez pas peur, mademoiselle, je veux seulement vous parler.

Sa voix est douce et le ton légèrement chantant. Elle a un accent prononcé.

— Je n'aurais jamais dû me retrouver dans votre cabinet de toilette hier. C'était une erreur de ma part et ça ne se reproduira plus.

Elle s'approche de moi. Je suis tétanisée, incapable de bouger. Avec des gestes calculés, elle dégrafe les pressions de ma blouse une à une et en écarte les pans pour observer mon corps. Une étincelle de gourmandise s'allume dans son regard. Elle avance la main et attrape mon téton droit. Je sursaute. Mon souffle s'accélère et les battements de mon cœur augmentent rapidement.

— Tu es magnifique.

Ma gorge se serre. Aucune fille ne m'avait encore jamais parlé avec autant de désir dans la voix. J'ai beau lutter, j'en suis tout même troublée. Ses mains glissent sur mon corps. Ses caresses sont tellement agréables que j'en frissonne. Elle frôle mon épiderme avec la pulpe de ses doigts et cette manière de faire m'électrise de plaisir. Incorrigible, ma chatte se met de nouveau à saliver. L'Indienne se penche sur moi, attrape mes seins à pleines mains et sa bouche vient sucer leurs pointes l'une après l'autre. Je gémis. Elle continue pendant encore quelques secondes, le temps de s'assurer d'avoir allumé le feu dans mon corps. Puis elle se redresse, et me prend la main pour m'emporter vers son lit. Je me laisse conduire comme une enfant.

Elle me pousse et je bascule en arrière sur le matelas. D'instinct, je relève les jambes pour lui faciliter l'accès à ma chatte. Sans hésitation, elle plonge la tête entre mes cuisses. En une seconde, je grimpe vers les sommets du plaisir. Jouant de ses mains et de sa langue, elle fait jaillir mon clitoris pour le suçoter. C'est divin et je me laisse faire sans protester. Elle enfonce délicatement plusieurs doigts dans ma fente pour leur imposer un mouvement de va-et-vient de plus en plus vite. Malgré moi, mon bassin s'active pour accompagner la pénétration. Puis, c'est au tour de sa langue de fouiller l'intérieur de ma grotte. Elle la glisse en l'agitant entre mes lèvres pour ensuite la ressortir et laper toute ma chatte. Ce traitement fait exploser mes sens. L'orgasme s'annonce. Je pousse d'abord des geignements rauques avant de carrément me mettre à couiner de plaisir. L'Indienne continue de plus belle. Mes mains attrapent sa tête et j'appuie dessus pour l'obliger à donner plus d'intensité à ses coups de langue.

Tout à coup, je me contracte en sentant un objet dur à l'entrée de mon vagin. Ma partenaire s'emploie alors à me détendre le plus possible. Je suppose que la coquine avait envisagé que nous fassions des galipettes et s'est arrangée pour dissimuler un sex-toy sous les draps, attendant le bon moment pour s'en servir. Je m'en régale d'avance. Elle pratique de petits mouvements circulaires au jouet pour habituer ma vulve à son contact. Puis, s'étant assurée qu'elle est prête à le recevoir, elle l'enfonce d'un coup sec, m'arrachant un râle. Mon ventre se contracte et mon corps se tord pour encaisser la pénétration. Je pousse un petit cri d'agonie pour le plus grand plaisir de l'Indienne dont le visage s'éclaire d'un large sourire. Elle le fait ensuite aller et venir. D'abord lentement puis de plus en plus vite. La surface un peu rugueuse du sex-toy irrite délicieusement mes chairs intimes. Très rapidement, je perds tout contrôle. Des tremblements violents agitent mes cuisses traversées par des décharges de jouissance. Ma partenaire déploie des trésors d'expérience avec son instrument pour me conduire à l'orgasme. Par réflexe, j'essaie de repousser cette fille qui parvient à me donner l'illusion que ma chatte est défoncée par une vraie bite. Et finalement, je lâche prise. J'étends mes bras de chaque côté et mes mains agrippent les draps, tandis que mes cuisses s'écartent au maximum pour faciliter le travail de ma partenaire. Je m'abandonne complètement et pousse des hurlements incontrôlés pendant que ma chatte expulse des quantités incroyables de liquide. Le contact chaud sur mes cuisses me donne la sensation d'uriner. Ma tête roule de droite à gauche. Et d'un seul coup, c'est la délivrance. L'orgasme me terrasse. En un éclair, je me vide de toute mon énergie. Mon corps retombe et je manque de perdre connaissance.

J'ai besoin de plusieurs secondes pour retrouver mes esprits. Quand j'ouvre enfin les yeux, la fille me dévisage, le plaisir que je lis sur son visage me déconcerte. Elle se penche sur moi pour embrasser mes seins avant de remonter vers mon oreille.

— Tu es très belle quand tu jouis.

Malgré moi, je rougis, ce qui amplifie sa joie.

— Je voudrais être un homme pour te baiser avec ma queue et gicler dans ton ventre.

Malgré les termes crus, je suis touchée par son attention. Je prends sa bouche et l'embrasse sans retenue, faisant tournoyer ma langue autour de la sienne. Mon geste l'envoie aux anges, je peux lire le bonheur dans ses yeux et de la rage dans ceux de mon boss.

8

— C'est tout simplement inadmissible !

Je suis assise dans le bureau de mon DRH. Celle-là même que j'occupais quand il m'a présenté sa bite à sucer. Mais cette fois, il n'y a aucune connotation sexuelle dans notre entretien. Il est rouge de colère et je crains qu'il ne soit victime d'une crise cardiaque.

— Vous prenez conscience de ce que vous avez fait ? On entendait vos hurlements dans toute la clinique ! Tout contact intime avec les clients est proscrit, c'est dans le règlement.

J'ai la tête baissée, les yeux rivés sur le sol, attendant que l'autre se calme. Comme j'ignore encore si je vais conserver mon poste, je préfère faire profil bas. J'ai besoin de mon salaire et être virée en ce moment ne m'arrangerait pas vraiment. Donc, je patiente jusqu'à la fin de l'orage. Au mieux, ce sera un blâme ou au pire, la notification de mon licenciement. Le boss tourne autour de moi telle une toupie, gesticulant et vociférant comme un dément. Je perçois aussi de la jalousie dans sa colère et je me demande si je ne devrais pas lui proposer de le pomper pour l'aider à se calmer.

— Vous pouvez m'expliquer ce qui s'est passé ?

J'ai envie de rire tant la situation est comique. Comment raconter à un mec, genre gros macho, qu'une femme peut aussi s'enflammer pour une autre. Le boss, c'est exactement le type d'homme qui pense qu'une fille ne peut jouir qu'en se prenant une bite dans le cul avec ramonage et éjaculation comprise. Une femme ne peut être nue avec une autre femme que s'il est entre les deux à se faire sucer. Je sens que le dialogue va très vite tourner court. Le début de cet entretien est laborieux et sent bien que mes explications seront peu convaincantes.

— Eh bien, je ne sais plus vraiment comment ça a commencé. Mais c'est venu comme ça, sans que nous ayons prévu quoi que ce soit.

— C'est immoral !

— Ah oui, parce que baiser une infirmière du personnel sur votre bureau et ensuite vous videz les couilles en l'arrosant avec votre foutre, c'est mieux ?

C'est sorti comme ça, sous le coup de la colère. Je n'ai pas fini ma phrase que je le regrette déjà. Le boss se raidit et, s'il avait des armes à la place des yeux, je serais morte.

— Puisque vous m'avez l'air peu farouche en ce qui concerne les choses de l'amour, alors jusqu'où êtes-vous prête à aller pour sauver votre place !

En un tour de main, il descend son pantalon et son slip et j'ai à nouveau droit à sa bite brandie sous mon nez. C'est reparti pour un tour. Je vais encore devoir m'étouffer avec ce monstre de viande avant de recevoir ses giclées.

Dans un réflexe conditionné, je prends sa queue en main et entreprends de la faire durcir. Ce qui ne me demande que quelques minutes. J'oublie tout et tandis que j'enfourne la bite dans ma bouche, mes pensées vont se fixer sur ce que je vais raconter aux collègues lors de la prochaine pause-café. Je joue avec ma langue sur l'énorme gland, pompant sur le dard, comme si ma vie en dépendait.

Pendant ce temps, le boss a dégrafé ma blouse et il me malaxe les seins avec des grognements de satisfaction. Mes caresses buccales font leur effet sur le gros porc qui halète et transpire. J'aime et je sais comment prolonger le plaisir des hommes. Plus on les fait se contenir, plus l'éjaculation leur demande de l'énergie. Les grimaces qui déforment alors leur visage, tandis qu'ils oscillent entre jouissance et souffrance, sont un pur délice.

Les mecs sont simples, mécaniques et prévisibles. D'ailleurs, je devine déjà que je n'aurais pas, cette fois, à m'éclipser de ce bureau, souillée comme une pute. Car, vu la manière dont il bouge son bassin et essaie de me bourrer sa queue au fond de la bouche, le boss prévoit de lâcher son jus dans ma gorge. Je redouble d'efforts pour le contenter et le faire venir le plus vite possible afin d'écourter la corvée. Tout à coup, il se met à m'insulter. J'imagine que lors de notre première baise, monsieur s'est retenu d'exprimer ses bas instincts pour ne pas me choquer. Maintenant que nous sommes plus intimes, il se croit tout permis.

— Sale petite pute, quand j'aurai fini de te bourrer la gueule, je te péterai le cul.

Il appuie ses mains sur ma tête pour me maintenir en position et donne de grands coups de reins pour baiser ma bouche. Pour faciliter la pénétration, je bave abondamment. Très vite, ma mâchoire devient douloureuse. Tandis que la respiration du boss s'accélère pour copier celle d'un asthmatique, il fait un geste qui me surprend, il attrape plusieurs mouchoirs d'une boîte en carton posée sur son bureau, retire sa bite et se branle comme un fou avant d'éjaculer dedans. Je le dévisage. C'est bien la première fois que je vois un mec qui préfère envoyer son sperme dans du papier que dans ma bouche ou ma chatte.

Il finit de se soulager, roule le tout en boule et le jette dans la corbeille. Puis, il range sa bite dans son pantalon et va s'asseoir dans son fauteuil. Même si cet enfoiré m'a littéralement agressée en m'obligeant à le sucer, le fait d'avoir été privée de son sperme me frustre, à ma plus grande surprise. Je m'essuie les lèvres d'un revers de la main.

— Mais pourquoi n'avez-vous pas joui dans ma bouche ?

— Parce que je ne voulais pas qu'en sortant d'ici tu coures voir les flics afin de porter plainte pour viol en montrant les preuves.

— Mais… je n'aurais jamais fait ça !

— Moi, je crois que si, surtout après ce que je vais te dire. Je t'annonce que tu es virée ! Impossible pour moi de te garder dans notre établissement. Je ne peux cautionner les dépravations sexuelles d'une pute qui risque de se taper toute la clientèle. Nous sommes une clinique de bonne réputation, et non un hôtel de passe pour prostituée dont la pipe est tarifée à dix euros.

Mon monde s'écroule.

— Salaud !

— Voilà, maintenant tu sais pourquoi j'ai choisi de me soulager dans un mouchoir plutôt que dans ta petite gueule de pute.

— Enfoiré, gros porc.

— Prends tes affaires et casse-toi !

J'essaie de contenir mes larmes et quitte le bureau sous le sourire de ce connard. Je remonte le couloir du service et me dirige vers l'ascenseur pour gagner les vestiaires en sous-sol. Une fois dans la cabine, j'éclate en sanglots. Comment vais-je faire pour m'en sortir ? J'ai à peine une semaine d'avance sur mon compte en banque. Tout en cherchant une solution à mon nouveau problème, je prends une douche rapide, m'habille et, chargée de mes affaires, je rejoins ma voiture sur le parking. À travers les larmes qui brouillent ma vue, j'aperçois un papier coincé sous l'essuie-glace. C'est un bristol avec des mots griffonnés dessus et un numéro de portable : « Contacte-moi, j'ai un travail pour toi. »

C'est signé Devil. Je lève la tête. L'Indienne est à la fenêtre de sa chambre et m'adresse un petit signe de la main.

9

Depuis une semaine, ma vie est devenue un rêve. Ce palais des mille et une nuits que j'ai imaginé pour Devil existe vraiment et désormais, j'y vis. Bon, pour être honnête il s'agit plus d'un appartement dans un quartier de luxe dont la décoration tant à recréer l'univers de Shéhérazade. En fait, Devil, mon Indienne, que je prenais pour une fille à papa pleine de pognon, s'avère être une femme d'affaires aguerrie. Elle gère la clientèle de l'entreprise de son père qui fait de l'import-export de toutes sortes de produits depuis les Indes. Elle gagne bien sa vie.

Après mon licenciement, j'ai eu besoin de réfléchir et j'ai attendu trois jours avant de la contacter. Elle m'a invitée au restaurant pour me proposer un travail assez simple. Je dois l'accompagner dans ses soirées dédiées au sexe. Sur le moment, j'étais un peu décontenancée, puis ses explications m'ont convaincue et j'ai accepté de faire un essai. Elle m'a remis un chèque d'un montant correspondant à deux années de mon ancien salaire et m'a offert de m'installer dans l'un de ses trois appartements qu'elle occupe très rarement. Pour faire les choses en règle, nous avons signé un bail qui m'assure de pouvoir demeurer cinq ans dans les lieux. Et la cerise sur le gâteau, elle m'a offert la Mini Cooper que je rêvais d'acheter et l'a fait enregistrer à mon nom, ce qui fait de moi sa propriétaire légitime.

Je dois aussi vous préciser que j'ai également à ma disposition tout ce que l'on peut se procurer de mieux en matière de sex-toys. En ce qui concerne ce domaine, je pensais que mes connaissances étaient bien supérieures à la moyenne, mais avec Devil, j'ai trouvé mon maître. Car de son côté, elle ne s'est pas contentée de regarder des sites Internet et d'imaginer le fonctionnement de chaque appareil. Elle les a tous achetés. J'en ai déjà testé plusieurs, mais mes préférés sont un Sybian et une fucking machine. Pour la seconde, il a fallu que je visionne quelques vidéos sur le Net pour en comprendre le fonctionnement. Depuis, je ne peux plus m'en passer. Le principe est simple, mais redoutable. Au premier abord, sa forme s'apparente beaucoup à la table d'auscultation d'un gynécologue. Sauf qu'une fois installées les jambes relevées et bien écartées, il y a un pénis en plastique au bout d'une barre qui s'active d'avant en arrière simulant les mouvements d'un partenaire masculin. La différence, c'est la possibilité de régler soi-même la profondeur de la pénétration et le rythme. Cette machine, c'est le truc que devraient posséder toutes les femmes. Elle est dans ma chambre, installée devant la télévision et tout en matant des séries et des films sur *Netflix*, j'en profite pour me donner des orgasmes d'enfer. La pièce étant insonorisée, je ne me retiens pas de hurler mon plaisir et il m'arrive même de baver sans m'en rendre compte.

La plupart du temps, je passe mes journées nue. Il y a également une petite terrasse. J'aime m'étendre sur le transat et me donner du plaisir avec un énorme gode tout en profitant de la chaleur du soleil. En clair, quand Devil ne vient pas me chercher pour une soirée sexe, je passe mes journées à me masturber comme une folle. Mon record est de vingt orgasmes en un seul jour. J'ai dormi plus de douze heures d'affilée par la suite. Malgré leur sophistication, ces jouets ne remplacent quand même pas un vrai mâle. Ils n'ont ni odeur ni phéromones, et encore moins de sperme à injecter dans mon corps ou à me faire déguster. En revanche, côté endurance, elles sont imbattables. C'est pourquoi je dis que chaque femme devrait en avoir une.

J'ai aussi un autre amusement, c'est d'avoir des orgasmes dans les lieux publics. Pour cela, j'ai tout un panel d'œufs vibrants comme celui que je possédais et n'utilisais que chez moi. Maintenant, je descends dans la rue, je fais mes courses, je vais au cinéma ou encore je vais boire un verre avec. Je les programme de manière qu'il se déclenche de manière aléatoire, ne pouvant jamais prévoir à quel moment ils vont vibrer. Lors de ma dernière sortie avec mes anciennes collègues Virginie et Maieva, j'ai eu un orgasme en plein café. Nous nous étions organisé une rencontre entre filles en nous donnant rendez-vous dans un bistrot de quartier. L'appareil s'est déclenché au moment où le serveur apportait notre commande alors que je l'avais réglé sur maximum. Je me suis mise à me dandiner sur la banquette en poussant de petits gémissements. Incapable de me contrôler. Intrigué, le type a continué à me dévisager, tandis que j'essayais désespérément de contenir l'orgasme qui enflait dans mon ventre. J'ai joui devant lui en me mordant le poing pour ne pas couiner trop fort. Virgine et Maiéva ont éclaté de rire en observant la mine stupéfaite du mec. Tout le temps que nous sommes restées à la table, il n'a cessé de jeter des regards dans ma direction. Je crois que le pauvre garçon n'avait jamais vu une cliente comme moi. Tandis que nous parlions de toutes sortes de sujets, l'œuf a vibré encore deux fois en me faisant jouir et Virginie s'est moquée des cernes qui se creusaient sous mes yeux. Cependant, leur curiosité a été piquée au vif et elles m'ont demandé plein de renseignements sur cet appareil. Je leur ai même fait une démonstration en leur montrant l'application pilote sur mon smartphone ainsi que toutes les options possibles. Maiéva, en bonne perverse, s'est amusé à déclencher l'œuf en modulant les vibrations, après m'avoir demandé de faire quelques pas dans les allées entre les tables. Ma démarche ressemblait à celle d'une fille saoule et je haletais comme une chienne en chaleur.

Ce soir, Devil m'emmène dans un club privé et je m'en réjouis d'avance, même si j'appréhende un peu parce que je n'ai pas l'habitude de fréquenter ce milieu.

10

La musique est assourdissante. Je me suis collé à Devil, qui semble connaître la plupart des personnes présentes. Dès que nous sommes entrées dans ce night-club dont les accès sont VIP, j'ai tout de suite été impressionnée. Ici, pas de mecs lourdauds et alcoolisés qui essaient de vous draguer ou de vous pousser vers les toilettes. L'endroit pue le pognon et la jet-set. Ce n'est pas du tout l'univers auquel je suis habitué. Pour l'occasion, j'ai laissé Devil s'occuper de me trouver une tenue. Elle m'a emballée dans une robe de cocktail rouge à bretelles qui couvre à peine mes seins et s'arrête en haut de mes cuisses. Un coup de vent et je me retrouve à poil. Bien évidemment, elle a insisté pour que je ne mette pas de culotte. Décision argumentée à sa manière :

— Pour la baise, part de fioriture. Sois fraîche et bandante.

J'ai l'impression que tous les hommes que l'on croise s'en aperçoivent. Quant à Devil, elle est drapée dans une longue robe dorée à paillettes dont l'échancrure descend jusqu'au nombril, dissimulant à peine les pointes dressées de ses seins. Une véritable bombe incendiaire qui attire tous les regards des mâles. Les éclairages bleus et blancs, à grand renfort de lasers et de LED, confèrent à l'endroit une ambiance électrique. La piste de danse est le lieu de tous les déhanchements et les frottements, l'alcool coule à flots et les envies de sexe occupent tous les esprits. Je suis intimidée. Devil me prend la main et m'entraîne vers le bar pour commander deux vodkas glacées.

— Ce soir, on se lâche, ma belle ! Je te propose un concours de slip.

Je manque de m'étouffer en buvant mon cocktail. Il m'est déjà arrivé, lors de sorties, de faire des trucs un peu idiots pour nous éclater entre filles, mais je n'avais encore jamais osé ce genre de concours. En fait, je me rends compte que ma sexualité, que je croyais débridée en comparaison de celle d'autres femmes, est plutôt sage. Pour ne pas faire d'impair, je demande à Devil de me confirmer son idée pour être certaine que j'ai bien saisi ce qu'elle me propose.

— Tu ne connais pas ? Celle qui se tape le plus de mecs dans les toilettes a gagné. Pour preuve, tu dois rapporter leur slip souillé de leur sperme.

OK, j'avais bien compris. Tout en buvant sa vodka appuyée contre le bar, elle se déhanche sur la musique, s'arrangeant pour que ses seins tendent encore plus le tissu de sa robe qui est à la limite de se déchirer. Tous les mecs autour de nous ont déjà dû gicler dans leurs pantalons. L'alcool me monte à la tête. Je me penche vers Devil.

— Si je remporte le concours, j'ai droit à quoi ?

— Tu pourras faire de moi ce que tu veux.

— Genre ?

— Par exemple, tu pourrais exiger que je me balade à poil dans la rue ou des trucs plus hard que tu aimerais voir faire par une fille et qui t'exciteraient à mort.

— Entendu.

— Rendez-vous au bar dans une heure.

Elle s'éclipse dans la foule et je demeure seule avec mon verre de vodka et une trouille bleue au ventre. Une heure ? Jamais je ne pourrais attraper le slip d'un garçon en une heure ! Dans une autre boîte de nuit que je fréquente souvent, j'en aurais récolté un, voire deux ou trois. Il se trouve toujours quelques mecs au QI d'huître émoustillés à l'idée de se faire branler par une fille dans les toilettes et de se vider les couilles sur le tissu de leur slip. Mais ici, ce n'est pas le milieu social que je fréquente. Les hommes autour de moi portent de costume à vingt mille euros et des montres à cent mille. Ils ont sûrement plus de classe et de retenue que les garçons que je côtoie d'ordinaire. Je suis tétanisée. Devil a mis la barre haut pour ma première soirée. Je m'assois sur un tabouret et j'observe les gens autour de moi. Plusieurs hommes ont les yeux discrètement braqués dans ma direction. Je me fais l'effet d'être une biche cernée par des cerfs en rut. Ce qui n'est pas pour me déplaire. Cependant, le temps s'écoule et je ne me vois pas en train de demander à ces mecs de retirer leur slip, d'éjaculer dedans et de me le donner en échange d'un merci. Les candidats potentiels exigeront que je leur prodigue une gâterie en retour. Honnêtement, j'aime la fellation, mais la production en série, non merci. J'essaie tant bien que mal de réfléchir, mais la vodka continue à me tourner la tête. Et puis, vu la tenue de Devil, je n'ai pas l'ombre d'une chance de gagner. Bien évidemment, ce n'est pas l'intérêt du défi de rapporter des slips souillés par du jus de mâle. Ce qui nous motive, c'est l'excitation de vider les couilles d'inconnus dans les toilettes. En revanche, ce qui m'inquiète, c'est l'épreuve que me réserve Devil si j'échoue à ce concours.

Une voix retentit derrière moi et me fait sursauter.

— Bonsoir.

Je me retourne pour me retrouver face à face avec une copie de Jamie Dornan, l'acteur qui joue le rôle de Christian Grey dans le film *Cinquante nuances de Grey*. Il porte un costume noir sur une chemise blanche ouverte pour dévoiler un torse velu qui me fait un effet immédiat. Ma chatte, en bonne chaudasse, commence déjà à mouiller. Je me lève très vite de mon tabouret pour ne pas laisser de traces suspectes puisque je ne porte pas de culotte.

— Bonsoir.

— J'ai vu que vous connaissiez Devil.

— Oui, c'est mon amie. C'est elle qui m'a invitée.

— Je suppose qu'elle vous a fait le coup du concours de slips ?

Je deviens rouge comme une pivoine, mais sous l'éclairage particulier, ça ne doit pas trop se voir.

— Eh bien...

— Ne soyez pas gênée, c'est le gage auquel sont soumises toutes les nouvelles invitées.

Ça me fait bizarre de parler de ça avec un parfait inconnu.

— Oui, mais je vais avoir un peu de mal à trouver ce qu'il me faut.

Avec la musique, nous sommes obligés de nous rapprocher pour nous entendre. L'odeur de son parfum m'enivre.

— Je peux peut-être vous aider, mais il ne faudra pas vous effrayer. Vous avez sans doute déjà compris que les gens ne sont pas ici pour la musique.

Je hoche la tête.

— Oui. Je crois que la drague fait également partie du jeu.

Il laisse échapper un petit rire avant de se pencher à mon oreille.

— La drague, c'est dépassé. La seule règle qui régit les soirées, c'est le sexe et je peux vous trouver ce qu'il vous faut.

Je le dévisage, les yeux écarquillés. Il prend délicatement ma main et m'invite à le suivre. Entre curiosité et appréhension, je me laisse docilement emporter jusqu'à une porte dérobée fondue dans la décoration du mur. Il frappe trois coups brefs. Immédiatement, une lucarne coulisse. Un homme nous observe quelques secondes avant d'ouvrir. Nous pénétrons dans ce nouveau lieu et mon mystérieux kidnappeur referme aussitôt derrière nous. Changement d'ambiance.

J'ai le souffle coupé et mon cœur se met à battre plus vite. La pièce dans laquelle nous venons d'entrer est différente. Les murs sont couverts de tentures rouge soie et en son centre, il y a une immense banquette ronde. Elle est un peu cachée par un voilage de même couleur, mais qui permet d'entrevoir ce qui se passe à l'intérieur. Et je n'en crois pas mes yeux. Une quinzaine de personnes y sont assises et sont en grande discussion. Ce qui n'est en revanche pas courant, c'est qu'ils sont tous totalement nus. Mon accompagnateur s'est éclipsé pendant que mon attention était concentrée sur cet étrange tableau. Je ne sais pas comment réagir devant cette situation inattendue. Soudain, un homme se lève de la banquette, écarte le voile pour quitter l'alcôve et s'avance vers moi. Effrayée, je recule vers la sortie. Ma main se pose sur la poignée, mais la porte est verrouillée. Je suis prise au piège.

11

Je me retourne, en proie à la panique. L'homme s'est arrêté bien que je ne décèle aucune menace dans son attitude. Il est nu sous l'éclairage tamisé, pour donner une ambiance chaleureuse et intime, et me dévisage avec un sourire sur les lèvres. Malgré l'instant particulier, mes yeux ne peuvent s'empêcher de se poser sur sa bite. Immédiatement, des cris de joie retentissent derrière le voilage, puis une voix de femme s'écrie en gloussant.

— C'est une cochonne !

L'homme devant moi retourne dans l'alcôve. Tandis que tous ses amis m'invitent à venir les rejoindre. Je demeure figée. Je sens des mains se poser sur mes épaules et je sursaute en lâchant un petit cri. Puis, une voix susurre à mon oreille.

— C'est moi, n'ayez pas peur.

Je reconnais celle de l'homme qui m'a conduite ici. Doucement, il me pousse vers les autres. Deux d'entre eux écartent le voile et nous entrons. Toutes ces personnes à poil, c'est intimidant. Je me retourne pour constater que mon hôte est nu également. C'est un véritable apollon. Je ne me gêne pas pour le détailler de haut en bas. Deux filles s'approchent de moi et, sans hésitation, commencent à me caresser en promenant leurs mains sur mon corps. Je frissonne. L'une d'elles glisse la sienne entre mes jambes et s'écrie.

— Elle n'a pas de culotte, la chaudasse.

Je serre les cuisses par réflexe. L'autre fille colle ses lèvres aux miennes et me roule une pelle torride. Je suis en train de vivre un truc de fou. Ils se mettent à crier en chœur.

— À poil, à poil !

En un tour de main, elles enlèvent ma robe et je me retrouve à mon tour toute nue. Je suis honorée par des sifflements et des remarques d'admiration. Le mec du bar s'adresse alors aux autres.

— Bon, Devil lui a lancé le défi des slips ! Tout le monde au boulot.

L'annonce déclenche des applaudissements. Une fille quitte les lieux pour revenir quelques secondes plus tard avec une corbeille remplie de sous-vêtements masculins qu'elle distribue en dansant. Immédiatement, les femmes se jettent sur les bites des hommes. En quelques minutes, ce ne sont que bruits de succion, grognements, souffles rauques et gémissements. J'ai devant moi sept couples qui se livrent à une fellation collective.

— Vous allez bientôt être en mesure de gagner le concours.

Le mec du bar est le seul à ne pas avoir de partenaire. Il affiche un large sourire. Je baisse les yeux pour observer son sexe tendu comme un arc. Avec désinvolture, je prélève un slip dans la corbeille et tombe à genoux devant lui.

— La moindre des choses, c'est que je mette moi aussi la main à la pâte.

— Je m'appelle Marc, enchanté.

— Angel, ravie également de faire ta connaissance.

Je m'empare de son sexe. Il est chaud et dur comme de l'acier. Je décalotte le gland énorme. Entre mes cuisses, ma chatte commence à couler comme une rivière. Je donne d'abord quelques petits coups de langue pour tâter le terrain. La texture est douce, lisse, bouillante. Je tire la peau de la hampe vers l'arrière, puis je la ramène jusqu'à recouvrir à nouveau le gland et je la repousse le plus loin possible. Marc laisse échapper un gémissement de plaisir qui m'encourage. Je le branle avec un mouvement ample et régulier. Son ventre se contracte et ses cuisses se raidissent. Je lui fais de l'effet et c'est flatteur.

Je plonge sur sa bite sans hésiter. J'ai un peu de mal à faire entrer ce bâillon de chair dans ma bouche. Mais je m'efforce de satisfaire mon partenaire dont la respiration est devenue saccadée. Après quelques secondes à tâtonner, j'ai trouvé un rythme agréable pour nous deux. J'accélère le mouvement jusqu'à atteindre une cadence infernale. Autour de nous, les autres poussent des cris et des râles. Leurs manifestations bruyantes s'ajoutent aux odeurs de sexe et de sueur qui flottent dans l'air. Ce qui avait commencé comme une pipe collective est en train de se transformer en une vraie partouze. Une grande première pour moi. Je n'aurais jamais imaginé que baiser en groupe puisse être aussi stimulant. Toutes sortes de pensées et d'images me passent par la tête. J'ai le corps en feu. Ma chatte appelle le mâle et je crois qu'en cet instant, je suis prête à me taper tout un régiment.

Je pompe comme une affamée sur la pine de Marc qui m'accompagne en donnant de petits coups de reins. Tout en me concentrant sur ma tâche, j'observe du coin de l'œil les autres participants. Une des filles a abandonné son mec pour aller aider une copine à sucer le sien. L'homme délaissé s'est alors tourné vers un couple dont le type assis sur la banquette se fait chevaucher par sa partenaire. Je le vois s'approcher pour murmurer à l'oreille de la fille. Celle-ci continue de s'empaler en râlant de plaisir sur la bite de son amant. Puis, lentement, elle imprime à son bassin une inclinaison différente qui dévoile son anus. Si je n'avais le gourdin de Marc dans la bouche, je crois que je pousserais une exclamation de surprise.

Je n'ose à peine songer à ce qui va se dérouler sous mes yeux. J'ai un instant de doute, mais ce que j'ai imaginé se confirme. Je vais assister à une sodomie. L'homme pose son gland contre l'orifice fripé et commence à pousser pour entrer. Immédiatement, la fille se met à couiner. Fasciné, j'ai l'impression que c'est dans mes entrailles que ce mec est en train de pénétrer. J'en oublie d'ailleurs mon partenaire qui, au bord de l'éjaculation, se rappelle à moi en accélérant les mouvements de son bassin.

Je reviens à lui, abandonnant le trio, pour me concentrer. Très vite, en jouant de mes lèvres et de ma langue sur son frein, je conduis Marc vers le point de non-retour. Gentleman, il me fait savoir d'une voix rauque qu'il va jouir et que je dois préparer le slip. Il tente de s'écarter pour sortir de ma bouche, mais je ne lui laisse pas le loisir de m'échapper. Je colle mes deux mains sur ses fesses musclées et j'avale sa queue jusqu'au fond de ma gorge. Il hennit de plaisir. Je vais m'étouffer avec cet énorme paquet de chair, mais je mets un point d'honneur à assouvir mon partenaire. Je le branle avec mes lèvres serrées et de grands mouvements de va-et-vient avec ma tête. L'exercice est difficile et éreintant. Mes mâchoires deviennent douloureuses. J'ignore si je vais tenir encore longtemps ce rythme malgré mes efforts.

Soudain, le corps de Marc se raidit. Soulagée, je me prépare à recevoir son éjaculation en formant un sillon avec ma langue. Il pousse un grognement suivi d'un râle d'agonie. Une, puis deux, trois... Les giclées de sperme chaud viennent cogner contre le fond de ma gorge. C'est un pur délice. Marc a la tête en arrière et crie de plaisir. Il m'asperge la bouche de sa semence épaisse et je l'accueille avec autant de bonheur. Quand il a fini, pour amplifier la satisfaction du mâle, j'entrouvre les lèvres pour lui montrer son jus qui emplit ma bouche.

Il me dévisage, subjugué par mon comportement. Puis, je déglutis en avalant tout d'un seul coup.

— Oups !

Il hausse les épaules, amusé et fasciné à la fois.

— Il va vous manquer un trophée pour Devil.

— Je sais, mais c'était dommage de ne pas profiter d'un aussi bon nectar.

Je me relève et nous gagnons la banquette. Il s'assoit en premier en se positionnant en travers et, lui tournant le dos, je viens me blottir contre lui. Le contact de son corps poilu contre le mien me procure une douce sensation. Il m'entoure de ses bras et je colle le sillon de mes fesses contre sa queue redevenue flasque. Ainsi installée, je peux en profiter pleinement pour regarder le spectacle du trio qui s'active toujours.

Les deux mecs dépensent une énergie dingue pour bourrer à grands coups de bite les deux orifices de la fille qui hurle de plaisir. La colonne de chair qui entre et sort à un rythme effréné de son anus me fascine. Pour l'instant, la grande frustrée dans cette affaire, c'est ma chatte qui bave comme dix escargots dans une boîte de sel en attendant son dû. Pour la faire patienter, je lui offre ma main. Dans une attitude alanguie, je me masturbe en glissant du doigt dans ma fente et en frottant mon petit bouton. Face à nous, le spectacle se poursuit. Il ne reste d'ailleurs plus que la fille et les deux gars en action. Les autres ont tous rempli leur office en se vidant les couilles pour arroser de leur jus chaud et crémeux les sous-vêtements qu'ils ont remis dans la corbeille. À présent, ils contemplent avec nous ces trois corps qui s'agitent, les encourageant de leurs cris. Contre mon cul, je sens la queue de Marc qui reprend de la vigueur. Sa bouche se colle à mon oreille.

— Tu as déjà expérimenté une double pénétration ?

12

Les mots qu'il vient de prononcer m'étourdissent. Double pénétration. Recevoir deux bites en même temps dans mon vagin ! J'ai quelquefois fantasmé sur cette perspective, mais de là à le faire, il y a un pas que je n'ai pas encore osé franchir. Je me souviens d'avoir vu un jour dans un film porno, une fille se faire prendre la chatte par deux énormes queues. Les deux monstres de chair lui faisaient des bosses dans le ventre comme si elle était enceinte et que le bébé bougeait. C'était impressionnant. À la question de Marc, je réponds d'une petite voix timide.

— Non.

— Tu veux essayer ?

Je hoche la tête, apeurée. Marc se redresse pour s'adosser la banquette.

— Allonge-toi sur moi.

Je pose mes pieds de chaque côté de ses cuisses, et j'abaisse mon bassin jusqu'à ce que sa queue entre en contact avec ma vulve. Glissant sa main sur mon intimité, il vérifie que je suis bien mouillée et prête à le recevoir. Pour le lui confirmer, je me laisse tomber d'un coup et m'empale en poussant un soufflement rauque.

Le coup est rude, mais appréciable et même si je ne peux voir son visage, je sais qu'il a été surpris. Il s'adresse alors aux autres.

— Venez m'aider.

Là-bas, les deux hommes ont rendu les armes. Ils sont maintenant debout et se masturbent frénétiquement. À leur pied, la fille est à genoux avec la bouche ouverte, attendant de recevoir leurs offrandes liquides. Celles-ci ne tardent pas et la comblent de plaisir quand les deux mecs vident leurs testicules en même temps. Une synchronisation parfaite qui noie la fille sous un déluge de sperme épais et crémeux. En quelques giclées bien lourdes, la semence vient s'écraser par paquet sur son visage et ses seins pour son plus grand bonheur. Pendant ce temps, deux autres filles se sont emparées de mes jambes pour les relever et ainsi offrir à un des hommes du groupe, une vue dégagée sur ma chatte, dans laquelle la bite de Marc est déjà plantée.

Ça va être ma fête. Le mec s'avance, colle son gland à l'entrée de ma fente et sans perdre de temps, il l'enfonce doucement. Comment décrire ce que je ressens ? C'est comme être pleine une seconde fois. Le gourdin de Marc était déjà bien suffisant pour me remplir et voilà qu'un nouveau bâton de chair brûlante entre en moi. Ma chatte va exploser. Je vais me déchirer en deux. Je pousse des couinements de truie en haletant de plaisir. C'est incroyable ce que je ressens. Une fois enfoncés bien au fond, les deux hommes se concertent et commencent à bouger ensemble. Les deux bites frottent contre mes parois vaginales distendues à l'extrême et ce contact me rend folle. Ma tête roule dans tous les sens. Je pousse des cris de démente. Autour de nous, tous applaudissent. Puis, l'impensable se produit. Un troisième mec propose à son tour d'entrer dans ma grotte avec l'assentiment des autres. Celui qui est sur moi se penche le plus possible en avant, tout en s'assurant que son sexe demeure dans ma chatte, libérant ainsi un accès pour son copain de baise, qui peut venir se positionner entre lui et Marc. Bien évidemment, dans cette configuration, il ne peut enfiler que son gland et quelques centimètres de sa bite. Mais déjà, la sensation est encore plus dingue. D'ailleurs, il ne m'en faut pas plus.

Mon corps se met à trembler et, tandis que mes trois partenaires s'activent de leur mieux, je suis terrassée par un véritable raz de marée orgasmique. Emprisonnée entre ces trois mâles, je suis secouée par des décharges de jouissance qui me vident de toute énergie en me défonçant la chatte. Le plaisir explose en moi et je perds tout contrôle. Je me laisse submerger avec la sensation d'être bourrée comme une pute par ces mecs qui n'en finissent plus de distendre ma chatte avec des bites gonflées à bloc. Mes cris sont ininterrompus, modulés entre les graves et les aigus. S'ils ne cessent pas tout de suite de se défouler dans mon ventre, je vais mourir, ça ne fait aucun doute.

Tout à coup, vidé de mes ultimes parcelles d'énergie, mon corps retombe. Je ne participe plus. Pendant les minutes qui suivent, je ne suis plus qu'un trou de chair passif dans lequel les mecs se branlent. Ma tête repose sur le torse de Marc, tournée vers la droite. Le contact de sa peau douce, couverte d'une toison épaisse et rugueuse, sur ma joue m'apaise. Je suis heureuse. Dans mon vagin, c'est toujours la tempête. Ces messieurs se sont unis pour me ramoner et, vu leur dextérité et leur expérience, ils n'en sont pas à leur premier coup d'essai. Ils sont essoufflés par l'effort, leur peau est couverte de sueur. Leurs effluves de mâle viennent flatter mon odorat, déclenchant en moi des cocktails hormonaux qui inondent mon corps de bien-être. J'ai envie de les lécher entièrement et de boire toute cette sueur qui me colle à eux.

Pendant un éclair de lucidité, je me demande ce qu'ils me réservent au moment de leur délivrance. Je ne me sens pas prête à recevoir en bouche l'incroyable quantité de semence contenue dans leurs testicules énormes. J'aimerais leur bouffer les couilles. Tous ces mecs sont de gros baiseurs, habitués à niquer en rafale et qui savent combler les filles qu'ils sautent en leur donnant énormément de plaisir. J'imagine bien, d'ailleurs, que je ne suis pas la première novice à tomber entre leurs mains expertes.

Seuls ma respiration rauque et mon corps qui tressaute sous les innombrables coups de reins témoignent que je suis encore en vie. Ce qui est également fabuleux, tout en étant terriblement excitant et gênant, ce sont toutes ces personnes inconnues autour de moi qui applaudissent en exprimant leur admiration par des exclamations de joie et de surprise. C'est la première fois que je me fais prendre par plusieurs mâles devant d'autres femmes. C'est un étrange sentiment d'humiliation qui m'excite comme une dingue. Ces personnes que je ne connaissais pas, il y a encore dix minutes, contemplent ma chatte éclatée par trois énormes bites, et moi en train de jouir en glapissant comme une chienne couverte.

Comme si elle avait deviné mon trouble, l'une d'elles s'avance et s'accroupit pour se mettre à ma hauteur. Nos regards se croisent et je rougis. Elle pose une main sur ma tête pour me caresser les cheveux.

— Tu es magnifique. Les mecs se défoulent et prennent un super pied avec toi.

Elle n'ignore pas que je ne peux lui répondre tant mon organisme est soumis à un plaisir intense. Elle colle ses lèvres aux miennes et m'embrasse goulûment. Sa langue glissée dans ma bouche s'enroule autour de la mienne, faisant ainsi remonter mon excitation à son maximum. Mais malgré cela, je ne peux plus participer. Je suis percluse de fatigue et ne réponds plus. Les hommes continuent de pilonner ma chatte qui commence également à souffrir de ce traitement qui n'en finit pas. Comme s'ils voulaient me faire jouir jusqu'à ce que j'en meure. Une voix vient à mon secours.

— Arrêtez, elle est épuisée ! Vous allez la tuer :

La tête embrumée par la fatigue et les hormones du plaisir, je reconnais à peine celle de Devil. Avec des expressions de protestations amusées, les mecs se retirent ensemble de mon ventre, me laissant la désagréable sensation d'avoir soudain un immense gouffre entre les jambes. J'aurais presque envie de leur dire de revenir.

Avec l'aide des autres filles, Devil m'aide à me relever. Je me sépare à regret du corps doux et chaud de Marc. Puis, elle m'invite à me mettre à genoux sur le sol et, adoptant la même position, elle s'installe derrière moi pour me prendre dans ses bras. Quelque chose me dit que cette séance de baise n'est pas encore terminée. Inutile d'avoir visionné une multitude de films de boules pour deviner ce qui m'attend. D'ailleurs, tous les mecs présents, Marc y compris, se rassemblent autour de nous sous les applaudissements des autres filles, qui gloussent de joie et crient en chœur.

— À la douche !

Tout en essayant de recouvrer un peu mes esprits, je me demande ce que Devil fait ici. Et puis, je comprends que tout ceci n'est qu'un jeu orchestré par elle pour m'inciter à participer de mon propre gré. Tout était planifié. Son corps contre le mien me rassure. Ses mains massent mes seins et agacent mes tétons. Je gémis. Autour de nous, les mecs se masturbent avec frénésie pour atteindre l'orgasme. La primeur revient à Marc. Son souffle rauque m'électrise. Il va jouir, je peux le lire dans son regard. Il s'avance tout près, accélère les mouvements sur sa bite. Sans ménagement, à chaque va-et-vient, il tire violemment vers l'arrière, décalottant son gland violacé, gonflé comme une prune trop mûre. Il est beau. L'excitation fait affluer le sang sous sa peau qui devient presque rougeoyante. J'ai envie d'y laisser glisser ma langue pour sentir chacun de ses poils. Tandis qu'il se branle comme un fou pour m'offrir sa semence, mes yeux sont plantés dans les siens.

Je le trouve merveilleux dans cet instant d'efforts intenses, déployés uniquement pour moi. Je veux l'aider à prendre son plaisir. Je ne sais pas pour les autres filles, mais j'adore tenir la queue d'un mec au moment de l'éjaculation. Cette colonne de chair douce et chaude, douée de vie, qui tressaute dans ma main en crachant son jus par saccades, c'est sublime. De plus, en plaçant correctement le bout des doigts, il est possible de sentir le sperme qui circule dans l'urètre. Un vrai bonheur.

Soudain, une grimace déforme son visage, il entrouvre les lèvres pour faciliter sa respiration. Comme beaucoup d'hommes, je suppose qu'il va pencher la tête vers l'arrière et pousser son bassin en avant, pour éjaculer sa semence. J'ai remarqué que c'est souvent la position adoptée par les mecs quand ils giclent debout. Or, ce n'est pas le cas. Marc ne détache pas ses yeux des miens, les conservant ouverts le plus longtemps possible. Mais il arrive un moment où on ne peut qu'obéir à la nature. Ses paupières se ferment et une nouvelle grimace de douleur, associée au plaisir, tord les traits de son visage que je refuse de quitter du regard. Il pousse le cri rauque du mâle qui jouit et se délivre enfin. J'ai une sorte d'orgasme au moment où son sperme bouillant s'écrase sur mes seins et mon visage. De longs jets épais à l'odeur désormais familière. Je suis aux anges. Corps tendu à l'extrême, respiration bloquée, Marc vide ses couilles en aspergeant ma peau pour mon plus grand plaisir. Dans mon dos, Devil pousse de petits cris de joie. Puis, il se relâche et essaie de reprendre un rythme normal. Ses yeux s'ouvrent et se posent sur moi. Je lui souris pour exprimer ma gratitude. La satisfaction dans son regard me comble. Il se penche vers moi et m'embrasse. À cet instant, je me sens femme, plus que jamais.

Il s'écarte pour laisser la place aux autres mecs, qui n'en peuvent plus d'attendre. Je ferme les yeux et me prépare. Cris, souffles courts, corps secoués, bites qui tressautent. Pendant plusieurs minutes, des hommes se succèdent devant moi pour se soulager et prendre leur plaisir en s'épanchant sur moi. Des odeurs fortes et grisantes de semences mâles se mélangent et m'étourdissent. Je me couvre peu à peu d'épais jus de couille qui, au contact de ma peau brûlante, s'écoulent en fines rivières vers le bas de mon corps. Mon visage, premier endroit visé par ces messieurs, devient gluant. Certains giclent si fort, qu'ils parviennent à atteindre Devil derrière moi. C'est une expérience sans précédent pour moi. Jamais je n'aurais pensé un jour me retrouver soumise à ce que les adeptes du porno appellent des *bukkake*, c'est-à-dire une fille à genou la plupart du temps, servant de réceptacle à une multitude d'éjaculations.

Devil me caresse en étalant tout ce sperme sur ma peau pour m'en couvrir totalement. Les femmes rassemblées autour nous observent, fascinées. Je capte, chez certaines, l'envie d'être à ma place.

C'est enfin le tour du dernier mâle. Mais au lieu de faire comme les autres, il tente de forcer l'entrée de ma bouche avec son gland. Je suis réticente. Devil vient à son secours et m'invite à entrouvrir les lèvres avec ses doigts poissés par le sperme. Je me soumets à son exigence pour le plus grand plaisir de l'homme qui s'impatiente. Le gourdin du mâle se glisse dans ma bouche et j'ai tout juste le temps de me préparer avant que celui-ci ne crache son jus. J'ai l'impression que le type n'en finit pas de se vider. J'étouffe sous la quantité qu'il déverse dans ma gorge et ne peux empêcher un réflexe de survie. Je tousse, faisant ressortir le sperme de chaque côté du bâillon de chair, qui s'écoule ensuite sur mon menton. L'homme retire sa bite rapidement pour me permettre de reprendre mon souffle.

— Désolé, je ne…

Je lève la main pour lui signifier que tout va bien. Penaud, il s'éloigne. Devil interpelle les autres.

— Aidez-moi, elle est à bout.

Marc vient m'emporter dans ses bras et m'allonge sur la banquette. Puis, Devil me recouvre avec un drap de bain. Marc s'assoit à son tour et je pose ma tête sur sa cuisse, enfouissant mon nez dans sa toison pubienne. Autour de nous, les autres reprennent leur orgie. Très vite, des gémissements rauques et des bruits de chairs qui claquent retentissent. Je suis subjugué par ces femmes insatiables et ces hommes capables d'éjaculer plusieurs fois sans période réfractaire. Finalement, le sexe, c'est comme le sport, plus on s'entraîne, plus on gagne en performance.

Terrassée par la fatigue, je m'endors, shootée par les effluves intimes de Marc, les lèvres collées contre sa queue redevenue flasque.

13

Sophie est une bonne amie, même si nous nous sommes un peu perdues de vue. Allongée sur mon lit, je repense soudain à elle en faisant le parallèle avec ma soirée au night-club. La nuit dernière, j'ai vécu une nouvelle expérience, et je me souviens que, moi aussi, j'en avais fait de même avec elle. C'était il y a deux ans en arrière. Sophie et moi étions inséparables. Nous débutions toutes les deux comme infirmières. Un jour, après le travail, elle m'a invitée à manger et nous nous étions rendues chez elle. À notre arrivée, son mec, qui était rentré plus tôt, est sorti de la salle de bains à poil, en se séchant les cheveux avec une serviette. Bien évidemment, sur le moment, je n'ai pas été dupe. Cette coïncidence sentait le traquenard à plein nez. Il s'est excusé avant de s'éclipser. Sophie et moi avons ri et j'ai fait semblant de ne rien comprendre. Puis, nous nous sommes installés sur le canapé pour prendre l'apéritif et son mec, qui s'appelle Antoine, s'est joint à nous. Il avait juste revêtu un boxer et un t-shirt, ce qui m'a fait deviner qu'il avait sans doute prévu de tout enlever rapidement.

Il était un peu rondouillard, presque imberbe. Avant qu'il ne retourne dans la salle de bains, j'avais eu le temps de mater sa bite en me disant que ses dimensions ne promettaient pas des merveilles. Mais Sophie l'aimait et je n'avais pas à juger son choix. En revanche, tandis que je buvais mon verre à petites gorgées, j'échafaudais un plan pour amener doucement la situation vers ce qu'ils attendaient de moi sans révéler que j'avais tout deviné.

Car si Sophie m'avait invitée, ce n'était pas pour manger. Du moins pas à table. La coquine s'était organisée dans mon dos une soirée plan à trois. Était-ce son fantasme ou celui de son mec, je l'ignore. Dans tous les cas, j'ai fait ce qu'il fallait pour que les choses évoluent en ce sens. Les deux tourtereaux avaient sans doute jeté leur dévolu sur moi à cause de mon expérience. En effet, j'avais l'habitude de raconter à Sophie, pendant nos pauses-café, mes nuits torrides avec mes amants. Je lui avais même fait part de mon envie d'un plan à trois, mais je n'avais encore trouvé personne pour le faire.

J'ai demandé à aller aux toilettes et j'ai enlevé mon soutien-gorge et ma culotte que j'ai glissés dans ma veste avant de la suspendre à l'entrée. À mon retour, j'ai repris ma place sur le canapé et après quelques minutes, j'ai fait semblant d'avoir chaud et j'ai retiré mon petit pull pour rester en débardeur. Celui-ci était échancré et, discrètement, j'ai tiré dessus jusqu'à ce que le tissu frôle les pointes de mes seins. Avec des mouvements étudiés des hanches, j'ai fait remonter ma jupe jusqu'à ce que ma chatte devienne visible pour le mec de Sophie assis en face de moi sur un pouf. Ses yeux se sont immédiatement braqués sur mon entrejambe. Comme aucun des deux ne semblait décidé à prendre les choses en main, je les ai resservis avec l'intention de les saouler. Une fois désinhibés par l'alcool, ils ont commencé à se déshabiller aussi sous le prétexte d'être plus à l'aise. Sophie a fini en slip et top, tandis que son mec a viré son t-shirt.

Après deux verres de plus, nous nous sommes carrément retrouvés à poil. Antoine s'est mis à bander comme un cerf, le regard accroché à mon corps et de la bave à la commissure des lèvres. Sophie, timide, restait dans son coin, buvant plus que de raison. Nos sujets de discussion s'épuisaient au fur et à mesure que nos hormones bouillonnaient. Ce qui m'avait paru amusant au départ a, par la suite, exacerbé mon désir. Je me suis rapidement métamorphosée en une chatte en chaleur prête à tout. Le visage d'Antoine témoignait des efforts qu'il faisait pour ne pas gicler tout de suite. Il était tellement excité que j'ai craint, pendant un instant, qu'il se répande sur le parquet en demeurant bêtement assis sur son pouf. La solution m'est apparue d'un coup. Je devais le soulager très vite et, pendant qu'il reprendrait des forces, je m'occuperais de Sophie. Le spectacle de deux filles qui se gougnottent devrait lui redonner de la vigueur pour le second acte.

De but en blanc, j'ai annoncé que je voulais le sucer. Sophie est devenue toute rouge, tandis qu'Antoine a manqué de s'étrangler avec son whisky. Je lui ai demandé de se lever. Puis, j'ai fait glisser son boxer jusqu'à ses mollets avant de lui enlever. Sa queue était tendue à l'extrême. Il allait jouir. Je pouvais le sentir aux tremblements de ses jambes. J'ai pris sa bite dans ma main et mon verre de l'autre. En trois coups de poignet, je lui ai fait cracher son jus. Il a gémi en éjaculant dans ma vodka qui s'est lentement colorée d'un nuage blanc laiteux. Quand ses yeux se sont ouverts, il était tout penaud et honteux, s'excusant d'avoir giclé si vite. Je n'avais aucune envie de me moquer. Ce mec avait juste débordé de désir pour moi. C'était plutôt flatteur.

Avec le bout du doigt, j'ai mélangé son sperme à ma vodka. Puis, j'en ai versé la moitié dans le verre vide de Sophie avant d'avaler le mien d'un trait. Ils sont demeurés complètement éberlués pendant plusieurs secondes. Sophie m'a ensuite imitée en buvant sa dose cul sec avec un regard salace en direction de son mec. La soirée était lancée et j'ai pris les choses en main, si je puis dire. En quelques gestes, j'ai déshabillé Sophie, qui s'est laissé faire comme une poupée. Antoine a voulu participer, mais je lui ai proposé de rester assis et de profiter du spectacle.

Sophie était ma seconde expérience lesbienne. J'en compterais encore deux avant de rencontrer Devil. La chatte de Sophie n'était pas rasée. Sur le moment, ça m'a un peu déconcertée. De nos jours, trouver une touffe luxuriante sur le mont de Vénus d'une femme revient à se lancer dans la quête du Saint-Graal. L'époque est à la disparition du poil féminin. Que ce soit la chatte, la jambe ou les aisselles, celui-ci est déclaré persona non grata. Pourtant, sa fonction est indispensable. Heureusement pour moi, je préfère les hommes et eux ne se rasent pas autant que les filles. Aussi, chaque fois que je me fais sauter, je ne me prive pas de fourrer mon nez dans leur toison pour y humer les odeurs de mâle qui y sont emprisonnées. Les mecs, c'est le pied !

Avec une attitude de chienne, je me suis glissé entre les jambes de Sophie. Elle s'est laissé faire sans broncher. J'ai commencé à lécher sa vulve avant de titiller son clitoris avec le bout de ma langue. Elle a lâché un cri de surprise, puis s'est rapidement abandonnée à mes caresses buccales. Moins de deux minutes plus tard, elle jouissait en poussant de petits couinements de souris. Sa chatte embaumait la vanille. J'ai trouvé cela touchant. Sans doute avait-elle voulu dissimuler ses odeurs intimes en pensant que ce serait plus agréable pour moi ou son mec. Décidément, j'allais devoir faire son éducation.

Une chatte doit sentir la chatte et c'est tout ! La chatte propre, mais la chatte quand même. Sinon où serait le plaisir de léchouiller ? J'ai continué un peu, en fouillant chaque repli de son mille-feuille intime, avant de fourrer mes doigts pour la préparer à recevoir son mec. Une fois que j'ai estimé que Sophie était dans de bonnes dispositions pour accueillir le mâle dans sa grotte ruisselante, je me suis tournée vers Antoine. Troublé par notre prestation, le garçon arborait fièrement une pine de cheval ! J'ai failli en tomber sur le cul. Vu sa tête, je crois qu'il était le premier surpris de sa formidable érection. Je ne lui ai pas laissé le temps de réfléchir et j'ai exigé qu'il baise Sophie sur-le-champ. Il m'a remplacée entre les cuisses de sa copine et je l'ai aidé à faire entrer sa bite dans la chatte détrempée qui n'attendait que lui. Puis, tout en m'amusant follement, je me suis transformé en coach sexuel. Conseillant à Sophie de remuer les hanches, indiquant à Antoine de donner plus d'amplitude à ses coups de reins. Ils se sont rapidement pris au jeu.

Je dois bien reconnaître qu'Antoine a démontré des performances que je ne soupçonnais pas au départ. Sans doute était-il trop stressé par ma venue. Par la suite, il a passé une bonne partie de la nuit à nous défoncer, Sophie et moi. J'ai joui à plusieurs reprises sous ses grands coups de bite. Quant à Sophie, elle a presque perdu connaissance lors d'un orgasme. Antoine a craché son sperme cinq fois. À la fin, je me suis dit que ses couilles avaient dû prendre la consistance du béton. En revanche, ce qui m'a paru incroyable, c'est qu'à chaque éjaculation, la quantité produite augmentait. Selon mes connaissances de l'anatomie des hommes, c'est plus souvent le contraire. À chaque jouissance d'Antoine, j'obligeais Sophie à le recevoir dans sa bouche et à tout avaler. Nous avons tout de même partagé la dernière dose de sperme que son mec est parvenu à produire dans un cri étouffé et en brûlant ses ultimes parcelles d'énergie. Sophie et moi l'avons savouré en mêlant nos langues pour une pelle d'enfer.

Dans l'ensemble, nous sommes restés plutôt soft sans déborder vers des pratiques moins habituelles comme du sado maso ou de la sodomie. Nous avons dormi dans le même lit et, au matin, j'ai sucé Antoine avant de lui faire cracher son jus dans le café de Sophie qui a tout avalé sans discuter. En une nuit, j'avais transformé ma collègue prude en une véritable assoiffée de sexe. Quand j'ai passé la porte, Antoine était en train de la prendre en levrette sur le parquet du salon en la bourrant avec sa bite sans ménagement. J'étais contente de moi et de ma nuit. Les tourtereaux s'en souviendraient toute leur vie. Demain, selon le programme établi par Devil, nous devons assister au tournage d'un film de cul.

14

Je suis totalement excitée à l'idée d'assister à la réalisation d'un film porno. Devil et moi devons nous retrouver dans un restaurant pour déjeuner avant de nous rendre sur le lieu du tournage. J'en suis toute chamboulée. Parvenue à l'adresse que j'ai notée sur un petit morceau de papier, je trouve une place pour ma voiture et en sort en bondissant. Je traverse l'avenue et la terrasse du restaurant d'un pas rapide pour entrer dans l'établissement. Immédiatement, je repère ma Devil, assise près des baies vitrées. Tous les hommes présents lui jettent des regards qui se voudraient discrets, mais sont loin de l'être, tant la bave leur coule sur le menton. Je louvoie entre les tables en adoptant une démarche chaloupée dans le but d'enflammer les esprits. Résultats garantis. Je me glisse sur la chaise en face de Devil.

— Salut.

Elle pose sur moi ses grands yeux veloutés.

— Salut, Angel. J'ai commandé pour toi.

J'acquiesce.

— Ça va se passer dans le coin.

— Oui, dans l'immeuble d'en face. Au troisième étage.

— Ah bon, ce n'est pas dans un studio de tournage ?

Elle pouffe discrètement.

— Ce que tu es naïve ! La plupart du temps, les films X sont réalisés dans de grands appartements ou des maisons louées pour l'occasion. Il peut arriver que ce soit en plein air ou dans des lieux publics, mais c'est rare parce que baiser dans la rue tombe sous le coup de la loi. Ce ne sont pas des œuvres cinématographiques comme les autres.

— Ce n'est pas grave, je suis tout de même très curieuse.

— Coquine ! Tu pourras peut-être participer si ça se trouve.

— Oh non ! Tu imagines si le film se retrouve sur Internet. Des personnes que je connais pourraient le regarder.

— Ça les ferait sûrement rire.

Je fais la moue.

— Mon père et ma mère croient que je travaille comme secrétaire dans un cabinet comptable.

Devil ouvre de grands yeux.

— Tes parents pourraient te voir dans un porno ? Mais…

— Oui, je sais ce que tu vas me demander, mais c'est un couple comme un autre et leur maison est équipée d'Internet, alors je suppose que la tentation est grande.

— Si ça se trouve, c'est pareil pour les miens, mais je dois bien admettre que je n'y avais jamais vraiment pensé.

Le serveur apporte nos plats. Mais je suis tellement pressée d'assister au tournage que je picore un peu et finalement repousse mon assiette.

— On y va ?

Devil émet un petit rire.

— Dis donc, tu es bien impatiente, gourmande.

— Tu n'es pas excitée ?

— Si, bien évidemment. Mais ce n'est pas une première pour moi.

— Justement, si tu te rappelles dans quel état tu étais, tu dois me comprendre. Mais comment as-tu fait pour obtenir l'autorisation de nous rendre sur le plateau ?

— Un des acteurs est un grand ami de longue date et il m'a proposé de venir.

— Et tu n'as jamais été tentée de te joindre à eux ?

— Je me suis parfois offert du bon temps avec certains d'entre eux. Mais toujours hors caméra.

Devant mon empressement, Devil cède à mon caprice. Elle règle la note et nous quittons le restaurant pour nous rendre dans l'immeuble d'en face. Après avoir gravi trois étages, Devil frappe plusieurs coups espacés à une porte, comme une sorte de code. Celle-ci s'ouvre immédiatement et nous entrons dans l'univers du X.

Ce qui me plaît tout de suite, c'est l'ambiance sympa qui règne sur les lieux. D'après ce que je peux constater, le tournage a déjà commencé et, pour l'instant, c'est la pause. Toute l'équipe est installée dans la cuisine. Il règne une chaleur un peu étouffante que viennent souligner des effluves corporels. Je me tiens dans l'embrasure de la porte, très impressionnée. Car, je ne m'attendais pas au spectacle que j'ai sous les yeux.

En effet, tout le monde est nu. Que ce soit l'équipe de tournage ou les acteurs, ils sont tous à poil, assis autour de la table en train de prendre le café. Il y a quatre filles et autant de garçons. Pour me mettre à l'aise, chacun se présente. J'apprends ainsi que sur les quatre nanas, trois seulement sont des actrices, la quatrième s'occupe du son. Élodie, Jessie, Carrie et Marie. Quant aux mecs, deux sont des acteurs et les autres sont le cameraman et le réalisateur. Josh, Terry, Milan et John. Ce dernier est assis en bout de table. C'est un homme dans la quarantaine, crâne rasé. Devil les embrasse tous avant de me présenter.

Jessie me propose un café et j'accepte. Elle se lève pour aller vers la machine à expresso. C'est une fille superbe. Petite brune dont la démarche bondissante est extrêmement aguichante. Son corps est une pure merveille. Devil, qui ne me quitte pas des yeux pour ne pas perdre une miette de mes réactions, s'amuse de moi. Je mate tour à tour chaque garçon et fille dans les moindres détails. Les mecs ont remarqué mon manège. Ils se concertent du regard et, soudain, se lèvent tous en même temps. Je deviens pivoine. Ils éclatent de rire et chacun empoigne sa bite pour me la présenter. Je ne sais plus où me mettre. Terry s'adresse à moi en faisant tourner son engin comme une hélice.

— Alors, Angel, qui a la plus grosse ?

Je n'ai jamais fait la moindre remarque sur les attributs de mes partenaires. En cas de déception, je ne les revois pas, c'est simple. Je n'aimerais pas qu'un mec critique mon corps, alors je ne leur en fais jamais aucune en retour. Et puis l'expérience m'a prouvé que les dimensions de l'outil ne sont pas toujours gage de jouissance pour la partenaire, même si un gros manche fait plus d'effet qu'un petit. Quoi qu'il en soit, je bafouille une réponse incompréhensible qui fait rire tout le monde.

John frappe soudain dans ses mains, ce qui me sort de mon embarras.

— Allez, les filles, à poil !

Sans hésiter, Devil se lève et entreprend aussitôt un strip-tease langoureux. Je suis figée. OK, depuis ma soirée au night-club, j'ai de moins en moins de difficultés à être totalement nue face à un ou plusieurs partenaires que ce soit des hommes ou des femmes. Pourtant, me désaper devant toutes ces paires d'yeux expérimentés qui me scrutent fait ressurgir mes complexes.

Les filles se lèvent ensemble pour s'approcher de moi. Avec des gestes doux, elles entreprennent de me déshabiller. Élodie, une blonde filiforme, en profite pour me sucer les tétons qui gonflent et durcissent. Une fois nue, Devil va s'asseoir sur les genoux de John afin d'assister au spectacle. En effet, les filles semblent bien décidées à s'intéresser à moi. Tandis qu'Élodie et Jessie ont entrepris de s'occuper de mes seins, Carrie s'est accroupie pour se consacrer à ma chatte. Après quelques secondes, je suis poussée avec douceur en arrière et allongée sur la table. Jessie m'oblige à relever les jambes et les trois filles se penchent sur mon intimité. Tour à tour, elles donnent des coups de langue sur ma vulve, sans oublier mon clitoris qui se gorge et enfle. La tension qui colonisait mon corps se relâche d'un coup pour laisser la place au plaisir.

Ces femmes sont des professionnelles, des *hardeuses*, comme il est dit dans le jargon du milieu. Elles connaissent parfaitement toutes les techniques pour faire jouir une fille sans contrainte de temps. Et je ne sais pas ce qu'elles font à ma petite chatte, mais celle-ci m'envoie des décharges électriques d'une rare intensité. Leurs langues sont magiques. Puis, ce sont des doigts qui s'introduisent. L'un d'eux palpe la chair de mon vagin sans doute à la recherche du mythique point G. Je respire comme une femme en plein accouchement, en poussant des couinements qui font rire mes partenaires.

Allongée sur la table, cuisses ouvertes, je me soumets aux caprices de ces trois filles. Quand je bascule ma tête en arrière, j'ai la vision à l'envers des quatre mecs, mais aussi de Marie et Devil, qui ne perdent pas une miette du spectacle. J'ai l'impression d'être un plat exposé un jour de banquet. Malgré ma gêne, je ne peux m'empêcher de gémir tant les filles sont douées dans ce qu'elles me font. Soudain, le contrôle de mon corps m'échappe. L'un des doigts glissés en moi vient de toucher une zone étrange. Mes jambes commencent à trembler et tous mes muscles se contractent. Puis, je me mets à tressauter sur la table en émettant des sons bizarres. J'ai l'impression d'être possédée. Mes yeux partent en arrière et je ferme les paupières. Je suis branchée sur du haut voltage. J'entends les filles s'exclamer de surprise. Elles ont su trouver la formule qui fait de moi une femme fontaine. Je sens les expulsions de liquide de mon vagin gicler contre l'intérieur de mes cuisses avant de tomber sur le sol.

Autour, les autres applaudissent. J'ai maintenant l'impression d'avoir une main entière qui fouille mon intimité. Je vais exploser de plaisir. J'ai déjà dû avoir un ou deux orgasmes sans m'en rendre compte, mais celui qui s'annonce va m'achever. Je continue d'être secouée et prise de convulsions, je n'arrête plus de sautiller sur la table, tandis que je lâche des râles dignes d'une mourante. Ce qui se passe en moi est si intense que je n'arrive pas à récupérer mon souffle. Or, l'orgasme demande beaucoup d'oxygène. Je m'épuise rapidement.

C'est brusquement la délivrance. J'ai un ultime soubresaut qui me fait presque décoller entièrement de la table. Mon corps s'arc-boute comme s'il recevait la décharge intense d'un défibrillateur. Je contracte mes muscles, un cri se bloque dans ma gorge et enfin, je jouis en grognant comme une truie. L'état de petite mort dure un temps infini. Puis, je retombe, flasque et essoufflée comme un marathonien.

Après quelques secondes de silence qui en disent long sur ma prestation, tout le monde applaudit. John est le premier à réagir.

— Waouwww, magnifique !

Les filles caressent mon corps en me félicitant, tandis que les mecs déposent des baisers sur mes joues. Devil m'embrasse sans retenue.

— Bravo, mon Angel, tu étais géniale.

Je lui souris à travers les brumes du plaisir. Je songe soudain à ce que ma chatte à expulser sur le sol, mais une fille revient déjà avec une serviette qu'elle utilise pour nettoyer. Marie, silencieuse jusqu'à présent, m'aide à me redresser avant de me serrer contre elle.

— Tu es belle comme un cœur, Angel. Et tu as un sacré tempérament !

Jessie me prend la main et comme un arbitre de boxe, elle lève mon bras en déclarant sur un ton solennel.

— Angel vainqueur !

Puis, elle ajoute.

— Dis donc, les filles, heureusement que nous ne jouissons pas comme ça à chaque scène sinon, on ne pourrait jamais terminer une prise.

De grands éclats de rire soulignent sa remarque. John frappe alors dans ses mains.

— Allez, tout le monde en piste.

Nous quittons la cuisine pour gagner le salon, lieu de tournage de la scène en cours. Je vais enfin assister à la réalisation d'un film de cul.

Sofiane L.

15

Pour être tout à fait franche, c'est loin de ressembler à ce que l'on peut voir dans une vidéo sur YouPorn ou Xvidéos. En fait, toutes les scènes sont tournées indépendamment l'une de l'autre. Bien évidemment, pour moi, c'est étrange, puisque je suis habituée à ce qu'un acte sexuel se déroule selon un ordre établi. Or, dans le cinéma, c'est différent. Sans compter qu'il faut souvent refaire certaines prises plusieurs fois. Par exemple, la scène finale avec giclées de sperme sur le visage de la fille peut être réalisée avant une double pénétration ou une sodomie. C'est bizarre. Un peu comme si les acteurs baisaient dans le désordre.

Tout le monde est prêt à tourner. Jessie et Élodie sont à genoux au milieu du salon tandis que Terry se positionne devant elles. John est juste à côté de la caméra dirigée par Milan et Marie, un peu en retrait, tient la perche du son. Moteur ! Les deux filles se roulent des pelles langoureuses, puis s'adressent à Terry pour l'encourager en citant des phrases apprises à l'avance. On ne peut pas dire que le texte est le plus important à ce moment-là. En clair, elles lui demandent de gicler fort en les arrosant de son foutre. Rien de bien nouveau. Terry, quant à lui, dresse devant le visage des filles une bite énorme et dure comme de l'acier qu'il branle à toute vitesse. Devil se penche à mon oreille pour me confier à voix basse.

— Ce mec est un prodige. Il bande et éjacule sur commande. Je n'avais jamais vu ça avant lui. Et je ne te parle pas des quantités, un déluge.

Pour ne pas perdre de temps, tout doit se faire rapidement. Le montage donnera ensuite une vision différente au spectateur. Terry continue de secouer sa queue à une vitesse impressionnante. Soudain, son ventre se contracte. Sa respiration devient saccadée en même temps qu'il se met à gémir. Inutile de vous préciser qu'au même moment, j'inonde mes cuisses de lubrification vaginale. Entendre les geignements d'un mec aux portes de la jouissance me fait littéralement péter les plombs. J'ai une envie folle de me joindre aux deux filles. Soudain, il bloque sa main en tirant fort sur sa bite et pousse son bassin vers l'avant. Dès le premier jet, mes yeux se portent sur ses pieds. J'adore voir les orteils des mecs se mettre en éventail. Cette réaction du corps masculin soumis à la jouissance me trouble et m'amuse énormément.

Quand Terry gicle enfin, je suis subjuguée. Malgré le moment particulier, il parvient à conserver suffisamment de contrôle pour répartir ses jets de sperme entre les deux actrices. Un véritable virtuose de la bite. Jessie reçoit le premier, Élodie le second et ainsi de suite. J'ai l'impression qu'il distribue du sirop. C'est fascinant. De plus, ça semble sortir sans fin de son méat. Bientôt, les filles sont couvertes de foutre. Emportée par l'action, c'est à peine si j'entends John dire : « Coupez ! »

La tension retombe d'un coup, mais mon excitation demeure intacte. J'ai besoin de me soulager rapidement si je ne veux pas m'enflammer. D'instinct, ma main glisse dans ma culotte. J'enfile deux doigts dans ma chatte ruisselante qui s'active aussitôt en un lent va-et-vient. Mais ça ne suffira pas à éteindre le brasier qui s'est allumé dans mon ventre. Je concentre alors mon attention sur mon bouton dédié au plaisir. Les yeux fermés, le souffle court, je le titille tandis que les premières vagues d'un orgasme commencent à me submerger. Un cri retentit soudain.

Avec des rires, les garçons me bondissent dessus et m'emportent sur le lit. Les filles applaudissent. John, Milan et Marie sont déjà prêts à tourner. Terry est le premier à s'enfoncer en moi. Centimètre après centimètre, je sens son gourdin distendre les parois de mon vagin. Puis, il s'empare de mes chevilles, relève mes jambes et commence à me défoncer à grands coups de reins. En expert de la baise, il s'adonne à un exercice que peu d'hommes parviennent à pratiquer. Il ressort entièrement sa bite de ma chatte, et la rentre jusqu'aux couilles d'un coup. Ainsi, son membre frotte mes lèvres intimes sur toute sa longueur. Autant vous dire qu'à cet instant, je remercie la nature de m'avoir fait femme. C'est un pur délice qui, loin d'éteindre l'incendie dans mon ventre, l'attise encore plus.

Je feule comme une chatte en chaleur. Terry dégouline de sueur en soufflant comme un sherpa montant l'Everest. Il est magnifique. Le mâle dans l'effort. Mes yeux se fixent sur sa musculature saillante qui à cet instant roule sous sa peau, soumise à un exercice intense dont le but est de me procurer du plaisir. Je jouis en criant. En gueulant comme une chienne. Terry me chevauche alors, et sa queue en main, il se branle comme un dingue. Puis, il bascule la tête en arrière, se met à haleter la bouche ouverte. Jim a raison, j'aime la viande et le jus de mec. J'adore l'homme. Sa peau, ses poils, son odeur, sa sueur, sa semence. J'en ai besoin comme l'air ou l'eau pour vivre tous les jours. Si ma chatte n'a pas sa ration quotidienne de liqueur masculine, elle se met aussitôt à se dessécher et se racornir comme un vieux pneu.

Au diable les coincées du cul ! Comme a l'habitude de le déclarer une copine : « Mon animal préféré, c'est l'anguille de caleçon et je la pêche chaque jour ! »

Terry plisse les yeux et éjacule son sperme. Ça sort comme d'une lance d'incendie en arrosant mes seins, mon cou, mon visage et mes cheveux. Je suffoque presque. Autour, tous applaudissent. Puis, tandis que j'essaie de calmer ma respiration affolée, je suis prise au dépourvu par mon partenaire. Celui-ci s'est allongé à mes côtés et, alors que je m'imagine le guerrier voulant se reposer, il m'attire sur lui pour que cette fois, ce soit moi qui le chevauche. Sans aucune difficulté, sa bite entre dans ma chatte, encore toute secouée par la tempête sexuelle qu'elle vient de traverser. C'est incroyable ! Ce mec s'est vidé les couilles en libérant un torrent de foutre et, pourtant, il est resté dur comme du béton. J'en connais à sa place qui aurait besoin de deux jours pour se remettre d'une baise pareille. Mais la surprise ne s'arrête pas là pour moi, car c'est maintenant au tour de Josh d'entrer en piste. Il s'approche de nous et s'agenouille derrière moi. L'inquiétude me gagne aussitôt. Je n'ignore pas que dans les films pornos, lorsqu'une fille se retrouve dans ma position, c'est-à-dire à califourchon sur un homme allongé avec un autre derrière elle, c'est obligatoirement pour une double pénétration, et généralement avec une sodomie. Or, en matière de coït anal, je suis vierge et totalement novice.

Quand je sens le gland de Josh à l'entrée de mon petit trou, celui-ci se contracte aussitôt. Un peu honteuse, je m'adresse à mes partenaires d'une voix timide.

— Attendez. Je... je ne l'ai jamais fait.

Jessie s'approche de moi et me caresse les cheveux.

— Tu n'as pas envie ?

Je secoue la tête.

— Tu veux que les garçons t'offrent un double vaginal ?

J'acquiesce. Jessie se tourne alors vers mes fesses et avec douceur, elle aide les mecs à s'introduire ensemble dans ma petite chatte qui va connaître une nouvelle fois cette expérience. Mes deux partenaires sont bien membrés et engloutir deux morceaux pareils demande de la concentration. À mesure que leurs bites distendent mes chairs intimes, c'est une sensation de folie qui s'empare de mon corps. Je souhaite à toutes les femmes de connaître un jour la double pénétration vaginale. C'est un pur délire. Dans une fraction de lucidité, avant que je ne perde totalement le contrôle de mon esprit et mon corps, je me demande quelle sensation ressentent les deux garçons tandis que leurs bites sont collées l'une à l'autre. Et puis j'oublie tout. Je ne suis plus qu'un ventre en train d'amasser une énorme quantité de plaisir.

Les mecs me déchirent en s'activant comme des machines pour me pilonner. Il n'y a pas de qualificatif pour décrire les bruits qui sortent de ma gorge. Peut-être n'existaient-ils pas encore dans le règne animal ? Cette baise sauvage m'emporte au trentième ciel. Pendant combien de temps les deux hommes défoncent-ils ma chatte à grands coups de reins ? Je l'ignore, mais quand l'orgasme survient, il est si violent qu'il me semble, pendant quelques secondes, être morte. Ce sont leurs râles de jouissances et la sensation de leur sperme inondant mon ventre qui me ramène à la vie. Ils ont réussi le tour de force d'éjaculer en même temps. De vrais pros ! Éreintée, vidée de mon énergie, pleine de l'homme, je m'affale sur le corps de Terry qui m'empoigne les cheveux et colle sa bouche à la mienne pour plonger sa langue à l'intérieur.

Non seulement ce mec est un dieu de la baise, mais en plus il embrasse de façon royale. Lui, il faut absolument que j'obtienne son numéro de portable ! Puis, mes partenaires quittent le lit et, tandis que je roule sur le dos, Devil se précipite sur ma chatte pour laper à grands coups de langue le jus qui en sort.

16

La première fois que je me suis tapé un mec sous une tente, c'était au bord de la mer. J'étais partie en vacances improvisées avec ma copine Tania et nous avions planté notre matériel dans un camping. En général, ce sont des lieux propices à la baise et aux échanges physiques. Surtout l'été, quand il fait chaud, que les corps se dénudent et que les hormones grimpent en flèche. Bien évidemment, nous nous étions lancé le défi de nous taper un nombre satisfaisant de mecs. Une fois installées, nous avons viré nos fringues, enfilé des maillots de bain avant de nous précipiter à la plage, afin de prendre la température et de tester l'ambiance.

En moins d'une heure, nous avions déjà sélectionné un panel de mâles aptes à nous rejoindre dans notre sac de couchage. La première nuit ne fut pas totalement l'extase pour moi. Tania s'était déniché un étalon italien, et j'avais porté mon choix sur un grand blond filiforme. Le genre de type que je ne regarde pas d'habitude. Mais les vacances sont faites pour vivre de nouvelles expériences. Avec Tania, nous nous étions organisés pour occuper la tente. Un plan à quatre nous aurait bien convenu. Mais grâce à nos connaissances sur le sujet, je sais que la plupart des mecs veulent bien avoir plusieurs filles dans leur lit, mais rarement un autre homme. La peur que l'opportun évalue leur performance, sans doute. En me mettant un tant soit peu à la place d'un garçon, il est vrai que si la partenaire de votre « concurrent » crie son plaisir plus fort que la vôtre, je peux comprendre la perte d'estime de soi. Alors que seul dans un lit avec plusieurs nanas, c'est le succès assuré. Même si la prestation n'est pas à la hauteur des attentes des filles, aucune d'elles n'osera se plaindre ouvertement sur le moment. Et puis, dans le pire des scénarios, un léchage de chatte entre girls remplace bien un coup de bite raté.

D'ailleurs, ce fut le cas avec mon grand blond. Dès son entrée dans la tente, il m'a embrassée et commencé à me peloter les seins. J'ai tout de suite compris que le garçon n'avait pas eu énormément d'expériences sexuelles. Il s'y prenait comme un ado boutonneux à son premier rendez-vous. Quand j'ai freiné ses ardeurs, il a paru quelque peu perdu. En un tour de main, j'ai fait voler le peu de vêtements qu'il portait pour le mettre à poil. Il était maigre avec une musculature inexistante. Sa peau était d'une blancheur impressionnante, presque translucide. Sa toison pubienne était clairsemée et peu abondante. Moi qui adore y fourrer mon nez, j'étais un peu déçue. Mais après tout, c'était moi qui l'avais entraîné dans mon antre et je me devais d'assumer. Ce mec ne ressortirait pas de ma tente avant d'avoir les couilles à plat.

J'ai retiré mon t-shirt et mon maillot de bain. Puis, j'ai pris sa bite dans ma main. Comme son propriétaire, elle était longue et mince. J'ai décalotté le gland. Il était rouge vif et tranchait avec la peau rosée de la hampe. Le garçon s'est mis à gémir et avant que je ne réalise ce qui se passait, il avait éjaculé son jus en m'aspergeant le ventre. Il y a eu un moment de gêne entre nous. Il a balbutié des excuses, confus. Puis, il a ramassé ses affaires et a essayé de s'en aller. J'ai alors compris qu'il était puceau et avait tenté de me le cacher. J'étais sa première expérience et je ne voulais pas qu'il en garde un mauvais souvenir. Je lui ai pris la main en lui assurant que ce n'était pas grave et que, s'il en avait envie, j'acceptais de lui apprendre à faire jouir une femme.

Nous nous sommes assis pour discuter. J'étais la première fille qu'il voyait nue. Sans pudeur, j'ai pris ma lampe torche pour éclairer ma vulve afin qu'il puisse l'observer en détail. Puis, je lui ai expliqué les grandes lèvres, les petites, le clitoris, et autres détails. Quand je lui ai proposé de passer à la pratique et de faire son premier léchage de chatte, il est demeuré pétrifié. Mais aussitôt qu'il a appris que le cunni pouvait pallier une défaillance de queue et que les filles adoraient ça, il s'est précipité la tête la première entre mes cuisses. Je lui ai enjoint de prendre son temps tout en se concentrant sur les gémissements de sa partenaire.

J'ai été la première surprise. Le mec apprenait vite et, en moins d'un quart d'heure, je criais de plaisir. Bon, c'est vrai que, sur le coup, j'en ai rajouté un peu. D'abord pour encourager mon élève et flatter son ego de baiseur naissant, mais également pour faire rager ses potes qui ne devaient pas être loin de la tente, l'oreille aux aguets pour évaluer ses performances. Je lui ai appris à masser mes seins et il a découvert que l'on pouvait aussi donner un orgasme à une fille si on s'en occupe correctement.

Après ces deux premières leçons, nous sommes passés à la fellation et la pénétration. Dès que sa bite a franchi mes lèvres, il n'a pu se contenir et s'est vidé les couilles involontairement dans ma bouche. Alors qu'il allait s'excuser encore une fois, je lui ai fait signe de se taire et lui ai montré ma langue couverte de sa semence. Puis, j'ai tout avalé en le fixant intensément. Ses yeux se sont mis à pétiller. Je lui ai accordé un peu de temps pour reprendre des forces. Puis, je l'ai sucé pour le faire bander dur. À cet âge, la bite est à ressort. Elle se tend comme un arc à la vue d'un téton. Je lui ai demandé de s'allonger et je me suis installé sur lui à califourchon. Avec ma main, j'ai guidé sa queue sur ma fente et je me suis empalée lentement dessus. Centimètre après centimètre, pour qu'il ne rate aucune sensation de la première pénétration de sa bite dans le vagin d'une fille. De ma vie, je n'oublierai jamais le regard de ce garçon qui venait de perdre sa virginité. Pour lui permettre de contrôler son éjaculation, j'ai bougé lentement sur sa queue bien plantée au fond de ma chatte, tout en lui prodiguant des conseils pour se contenir et donner à sa partenaire le temps de prendre du plaisir avant lui. Ce qu'il a retenu de mes leçons, c'est qu'un garçon qui parvient à mener les filles à la jouissance aura toujours du succès.

J'ai réussi à atteindre deux fois l'orgasme avant qu'il ne gicle dans mon ventre. J'ai salué sa performance et je l'ai félicité. Pour faire rager ses amis et lui construire une réputation de super coup, nous avons fait des photos avec son portable, pendant qu'il me baisait, que je le suçais, avec mes seins recouverts de son sperme ou encore ma chatte dégoulinante de son foutre. Puis, repus de plaisir et les sens apaisés, nous nous sommes endormis dans les bras l'un de l'autre. À notre réveil, la nuit était tombée. Tania nous avait rejoints sous la tente et s'était glissée dans son sac de couchage en toute discrétion. En prenant garde de ne pas la déranger, nous avons baisé encore une fois. Je lui ai proposé de grimper sur moi et de me défoncer dans la position du missionnaire que nous n'avions pas encore expérimentée. Il s'en est bien tiré en me faisant jouir comme une dingue et en me remplissant de son jus. Je lui ai fait une fellation comme cadeau d'adieu et, au petit matin, il est parti avec des étoiles dans le regard. Ma rencontre avec ce garçon blond ne s'est pas vraiment déroulée comme je l'avais envisagée au départ, mais j'avais au moins atteint mon objectif. Il m'avait quittée heureux et avec les couilles à plat.

17

L'appel de Devil m'a mise en ébullition. Ce soir, pour notre sortie sexe, elle me réserve une surprise de taille, selon elle. J'ai passé la journée à imaginer toutes sortes de plans, sans parvenir à me fixer sur un scénario possible. J'ai pour instruction d'enfiler une tenue affriolante. C'est pourquoi, à l'heure dite, j'ai revêtu une robe noire de cocktail et je me suis parée de bijoux discrets. Dans mon sac à main, j'ai fait une réserve utile de préservatifs et quelques sex-toys. On ne sait jamais qui on peut rencontrer dans ces soirées ni ce qui peut se passer. Autant être prévoyante.

Il n'est pas tout à fait vingt-deux heures quand Devil se présente à ma porte. Elle est sublime. Glissée dans un fourreau chatoyant bleu nuit, elle a chaussé des escarpins qui l'obligent à se tenir d'une manière qui met sa croupe en valeur. Ce soir, tous les hommes vont prendre feu en la voyant. Elle est venue en taxi et, sans attendre, nous nous y engouffrons pour nous rendre à une adresse quelque part en ville. L'immeuble est cossu dans un style architecture du XIXe et situé dans une rue discrète. Devil sonne à l'interphone. Une voix lui demande son nom et, dès qu'elle le prononce, la serrure électrique se déverrouille. Nous entrons et gagnons l'ascenseur tout proche. Je suis tellement excitée que je ne prête aucune attention au décor. Nous grimpons cinq étages avant de sortir de la cabine pour nous présenter à une porte. Celle-ci s'ouvre aussitôt sur un homme dont la tenue me donne immédiatement une idée de l'ambiance dans laquelle va se dérouler la soirée. Le type est entièrement habillé d'un latex noir et brillant. De son visage, seuls ses yeux, son nez et sa bouche sont visibles. Quant au reste du corps, sa combinaison l'emprisonne entièrement et ne possède qu'un trou pour laisser son sexe libre. Celui-ci est d'ailleurs de belle dimension et présente une remarquable érection. Il nous invite à franchir la porte avant de refermer rapidement derrière nous. Nous venons d'entrer dans un petit vestibule que clôt une tenture rouge sang. L'homme l'écarte et nous propose de le suivre. J'ai les yeux fixés sur sa bite tendue, ce qui n'échappe pas à Devil. Elle me prend la main en riant et me glisse à l'oreille.

— Gourmande !

Je réagis aussitôt.

— Eh, mais, tu as noté la taille du truc !

Ma réplique a fusé franchement, sans aucune discrétion. L'homme me sourit derrière son masque de plastique.

— Je suis à votre service dès que vous en ferez la demande.

Je deviens rouge de confusion. En suivant notre guide, nous pénétrons dans un couloir derrière la tenture. L'endroit est assombri et le carmin de l'éclairage lui confère une ambiance intime et propice à l'excitation des sens. Nous abordons une première salle. La porte a été remplacée par un voile translucide. Notre accompagnateur nous souhaite une bonne soirée et s'éclipse discrètement. Devil écarte la tenture et m'entraîne avec elle à l'intérieur. Puis, elle retire ses chaussures qu'elle dépose à l'entrée et m'invite à en faire de même.

Nous nous installons ensuite dans un coin de la pièce pour assister au spectacle qui s'offre à nos yeux. Au centre, sur un lit, une femme est l'objet des désirs de six hommes. Elle est allongée sur un partenaire qui la sodomise, tandis que deux mâles, dont les sexes sont suffisants pour réussir cet exploit, pénètrent sa chatte en doublette. Sa tête basculée vers l'arrière permet à sa bouche d'accueillir une queue, alors que ses mains branlent frénétiquement celle de deux autres mecs. Je suis bouche bée. Je me demande combien de mâles le corps d'une femelle peut satisfaire en même temps. La fille pousse des grognements sourds derrière son bâillon de chair et les hommes redoublent de coups de reins, à la recherche de la jouissance.

Avant même que je n'en prenne conscience, ma chatte est inondée. Je n'ose pas bouger. C'est Devil qui me donne le signal. Sans hésitation, elle entreprend de relever sa robe au-dessus de ses cuisses et libère ses seins. Ainsi dévêtue, elle n'a ni plus ni moins que l'allure d'une chienne en chaleur. En quelques secondes, mon excitation est à son maximum. J'envisage alors de l'imiter, mais elle ne m'en laisse pas le temps et c'est elle qui me déshabille. En un tour de main, je suis nue. Sur le lit, l'orgie est à son comble. Les mâles poussent des râles de bêtes en rut, tandis que la fille hurle son plaisir sans retenue. Les coups de boutoir qui, jusqu'à présent, étaient en rythme deviennent désordonnés. Les mecs vont jouir. Je comprends alors que c'est un challenge et qu'ils essaient tous d'éjaculer ensemble. Devil me pousse vers eux et me demande de patienter. Mon ventre est en feu. J'ai un besoin urgent qu'une bite vienne s'y loger pour le ramoner.

Alors qu'elle doit en être à son cinquième orgasme, la fille donne un ordre et tous les hommes s'écartent d'elle. Lentement, elle quitte le lit et me désigne à eux. Ils m'observent en détail de la tête aux pieds. Curieusement, au lieu d'en ressentir de la gêne, j'adopte une position provocante en creusant mes reins. Ils s'approchent et m'entourent. Je me retrouve au centre d'un cercle torride. L'éclairage tamisé ajoute à l'érotisme brûlant de la situation. Je scrute mes partenaires un à un. Ils sont jeunes, certains imberbes, d'autres plus âgés, plus poilus. Minces, musclés ou bedonnants, ils ont tous en commun un désir flamboyant à assouvir qui se traduit par leurs bites dressées vers moi.

Je me sens comme une déesse du sexe cernée par ses adeptes. Les hommes se masturbent, les regards fixés sur moi, le souffle court. Je suis sur le point de m'embraser. Ils sont magnifiques. Leurs effluves de sueur chargés de phéromones flattent mon instinct animal. L'instant revêt même une connotation bestiale. Devil et la fille m'observent tout en s'embrassant. Ce qui me trouble, c'est que je suis demeurée debout. Je ressens de la part de ces hommes une forme de respect pour la femme que je suis. Toutes les fibres de leurs corps et la moindre parcelle de leurs désirs me sont dédiées. Peu à peu, tandis que chaque mâle s'approche du point de non-retour, le cercle se resserre jusqu'à ce que les glands de toutes ces queues viennent s'appuyer contre ma peau. Puis, c'est une explosion de semence. Je me concentre sur les sons de jouissance qui sortent des bouches. Le sperme jaillit en se répandant sur mon ventre, mes cuisses et mes fesses. Je voudrais dévisager chacun de mes adorateurs au fond des yeux, mais c'est impossible. Alors, je fixe celui qui est devant moi. Dans la pénombre, je capte son regard éperdu de jouissance. Puis, comme s'il s'était évanoui, il revient à lui et me sourit. Entre l'expression de ce mâle satisfait et la semence chaude qui coule à présent sur ma peau, il ne m'en faut pas plus pour avoir un orgasme. Je me mets à trembler en glissant ma main entre mes cuisses. Puis, en gémissant, je profite pleinement de l'onde qui me parcourt. Devil s'avance vers moi tandis que le cercle d'homme s'éparpille. Comme elle aime le faire lorsque je suis couverte de sperme, elle l'étale partout sur ma peau avec le bout de ses doigts. Puis, elle approche sa bouche de mon oreille.

« Je crois que ton examen d'entrée est réussi. »

18

Je ne fais même pas l'effort de me rhabiller. Autour de nous, la plupart des personnes présentes sont nues. Devil et moi quittons la pièce. Dans le couloir, l'homme au costume de latex est en train de prendre sauvagement une femme en levrette. Il s'est accroché aux hanches de sa partenaire et lui donne de grands coups. La chair de la fille claque tandis qu'elle couine pour signifier qu'elle apprécie. En passant devant lui, il nous adresse un sourire. Puis, nous parvenons près d'une autre tenture et cette fois, mue par la curiosité, c'est moi qui l'écarte. Ici, le spectacle est différent. Il y a autant d'hommes que de femmes. Quelques-uns baisent sur le lit au centre, tandis que les autres sont alignés le long des murs, confortablement installés sur des canapés. Tout en discutant, un verre à la main, ils matent le spectacle. Dès qu'il nous aperçoit, un mec quitte sa place et vient vers nous. Il semble bien connaître Devil et s'adresse directement à elle :

— Bonjour ma chère, ravi de vous voir !

Il dépose un baiser fugace sur la joue de Devil qui me présente alors à lui. Il doit avoir la soixantaine. Nous échangeons des salutations et il nous invite à nous asseoir avec les autres. Nous nous exécutons et je me retrouve entre deux hommes dont l'un se masturbe en regardant la femme sur le lit qui se fait défoncer par un mec bien membré.

Quelqu'un me propose un verre. J'accepte à condition que ce soit sans alcool. Je veux conserver l'entière maîtrise de mes sens. Quelques minutes plus tard, une flûte de cristal se matérialise dans ma main. Un cocktail à base de fruits rouges. C'est délicieux et rafraîchissant. L'homme à côté de moi est sur le point de gicler. Soudain, une femme se présente face à lui, s'empare de son sexe et le branle jusqu'à ce qu'il jouisse. Mais le plus extraordinaire, c'est qu'elle recueille la semence dans son verre de cocktail. Je suis fascinée. Elle repère mon air ahuri et éclate de rire. Puis, elle s'agenouille devant moi, avant de me déclarer.

— C'est mon mec et j'adore son jus. Pas question de laisser perdre ce nectar.

Ensuite, elle ajoute.

— Vous permettez ?

Sans attendre ma réponse, elle pose son verre sur une petite table basse et, d'autorité, écarte mes cuisses pour enfouir sa tête entre. Bientôt, sa langue se met à lécher ma chatte. De la pointe, elle découvre mon clitoris réfugié sous son capuchon de chair. Immédiatement, je halète. La femme sait s'y prendre. Je ressens déjà les prémices de l'orgasme qui s'annonce. Je manque de renverser mon verre, mais l'homme sur ma droite vient à mon secours. Il s'en empare pour le déposer sur la table. Puis il s'agenouille sur le canapé et présente sa bite à hauteur de mon visage. D'instinct, je ne cherche pas à comprendre et happe cette queue si gentiment proposée. Je n'ai pas besoin de bouger beaucoup, car l'homme se sert de ma bouche comme d'un sexe en donnant des coups de hanches d'avant en arrière. De mon côté, je ne peux que moduler la tension de mes lèvres sur la hampe pour contrôler le plaisir de mon partenaire.

Du coin de l'œil, je peux observer que Devil est maintenant sur le lit au centre de la pièce. Elle est en position de levrette, l'avant du corps totalement aplati sur le matelas, la croupe outrageusement relevée. Derrière elle, un homme semi-accroupi la pilonne tel un marteau-piqueur. D'où je me trouve, je peux entendre ses feulements de tigresse couverte par le mâle et la satisfaction qu'elle retire des performances de son partenaire. Cette fille a un sixième sens pour repérer les bons baiseurs. En ce qui me concerne, l'orgasme vient me secouer au moment où le mec se déverse dans ma gorge. Je m'apprête à tout avaler quand la femme entre mes jambes se redresse d'un coup pour coller sa bouche à la mienne et, avec un mouvement de la langue, elle récupère un peu du sperme qui se trouve sur la mienne. J'en suis stupéfaite. Elle s'écarte, et ajoute avec un regard malicieux.

— Ici, on partage tout, ma belle. Et surtout ce qui est bon.

Les cris de Devil m'interpellent. Un nouveau mâle a remplacé le précédent et celui-ci est entré dans son anus. Décidément, ce soir est celui des grandes premières pour moi. Je n'avais encore jamais vu Devil prise de la sorte. J'ignorais même qu'elle s'adonnait à cette pratique. En tout cas, si j'en juge par la satisfaction sur son visage, elle semble apprécier. Peut-être que je devrais essayer. Mais j'appréhende la douleur.

Deux filles que je n'avais encore pas vues m'empoignent par les mains pour m'emporter vers le canapé à l'opposé de la pièce. Elles rient comme des gamines. L'une d'elles m'embrasse tandis que l'autre enfile deux doigts ma chatte brûlante. Elle paraît satisfaite de ce qu'elle découvre.

— Tu es trempée, c'est génial !

Avant même de deviner ce qu'elles attendent de moi, je me retrouve avec les mains menottées dans le dos. Puis, doucement, une des filles m'allonge sur le canapé et écarte mes jambes. Sa copine prend alors le relais. Elle léchouille délicatement ma fente, puis me présente un objet rose qu'elle glisse ensuite à l'intérieur de mon vagin. Je reconnais un œuf vibrant et je comprends que je vais être la candidate d'un jeu sexuel. En tournant la tête, j'aperçois deux nouvelles filles entravées comme moi. Elles sont à genoux sur la moquette et sont l'objet de l'attention de deux autres. L'objectif est donc clair, nous sommes trois à avoir des œufs vibrants dans nos intimités qui vont être commandés à distance par trois filles qui ont leur smartphone en main. Le signal du départ est alors donné. Je sursaute en émettant un petit cri. Ma réaction fait glousser les autres. Le sex-toy bouge contre mes parois vaginales. J'ai déjà utilisé ce genre de jouet sexuel, mais celui que j'ai dans la chatte doit être un nouveau modèle plus performant. La fille qui le commande augmente l'intensité. Je ne peux plus demeurer à genoux, je m'allonge sur le canapé. Mon corps se met à tressauter. Je voudrais enlever l'objet, mais mes mains menottées m'en empêchent. L'œuf vibre de plus en plus fort. Je vais jouir. Je suffoque. Je couine et lâche des grognements de truie. Le plaisir me fauche en pleins rebonds. Je glapis. Puis, je me mets à baver. Loin de s'arrêter, le sex-toy augmente encore en puissance. Cette fois, il déclenche une réaction en chaîne. Les orgasmes se succèdent. Un, deux, trois. Je ne parviens pas à reprendre mon souffle. Un liquide chaud et fluide comme de l'eau sort en jaillissant de mon vagin. Je ne peux rien faire, sinon subir. Je m'épuise rapidement et bientôt, je suis au bord de la perte de connaissance, quand tout cesse d'un coup. Les filles me dévisagent, stupéfaites. L'une d'elles se précipite vers moi et m'enserre dans ses bras.

— Tu es incroyable ! Jamais aucune d'entre nous n'était allée aussi loin sur la barre d'intensité des vibrations. Nous éteignons avant.

Je comprends alors que j'avais le droit de dire stop.

— Je ne savais pas que je pouvais vous dire d'arrêter.

Elles éclatent de rire.

— C'est quoi, ton nom ?

— Angel.

— Bravo pour ta performance !

Une voix interrompt soudain notre petit jeu.

— Les filles, Norbert va gicler !

Comme une volée de moineaux, plusieurs femmes se précipitent vers un endroit de la salle. Puis elle s'agenouille en se rassemblant en un groupe compact. Un homme se tient devant elle. Son sexe est énorme. À vue d'œil, plus de vingt centimètres. Il se masturbe et les grimaces d'effort déforment son visage. Soudain, il lance un cri qui pourrait s'apparenter aux brames d'un cerf et éjacule violemment. Son sperme gicle dans tous les sens et si loin, qu'il parvient presque à arroser toutes les femmes à genoux devant lui. Le spectacle est surprenant, éclairé par les LED de plusieurs téléphones.

En prenant la tige qui sort d'entre mes lèvres intimes, j'extrais l'œuf vibrant que je redonne aux filles. Il est aussitôt soumis à des mesures d'hygiène et je suppose qu'il va resservir sous peu. On me libère de mes menottes et c'est au tour des deux autres prisonnières volontaires d'entrer en piste. Effectivement, leurs prestations semblent loin d'égaler la mienne. Cela dit, elles étaient informées du droit de stopper et ont demandé que le jeu cesse avant l'évanouissement. Devil est toujours sur le lit. Un homme la baise dans la position du missionnaire. Ses fesses montent haut et retombent lourdement sur le bassin de mon Indienne, l'empalant profondément en lui arrachant des râles. Je l'envie. Depuis que je suis ici, j'ai eu des orgasmes sans pénétration. Et je reconnais sans honte que j'ai besoin maintenant, comme Devil, qu'un gourdin mâle défonce mes entrailles.

Je me mets aussitôt en quête d'un partenaire. Je déniche un homme assis, un verre à la main, en grande discussion avec deux autres. Ce qui attire mon regard, c'est sa queue dressée. Je suis d'ailleurs surprise qu'il ne cherche pas à soulager cette tension. Je décide de la mettre à profit. Sans gêne, je m'avance près du groupe, salue à la ronde, puis me tourne pour approcher mes fesses de sa bite et, m'étant assurée d'être bien positionnée, je m'embroche dessus dans un râle de contentement. Le membre dur comme de l'acier distend mes chairs sans ménagement. C'est une délicieuse sensation de violence et de douceur à la fois. Je me sens pleine. Comme j'aime à le dire : « Remplie du cul jusqu'au nombril. » C'est trop bon. Je me mets à bouger sur la hampe. Ressortant à peine le gland pour me laisser retomber dessus afin de l'enfoncer au plus profond de mon intimité. Mon partenaire ne dit rien, autour, les autres rient.

— Sacré tempérament, la demoiselle !

Je n'en ai cure. J'accélère mon mouvement et jouis sans retenue, sans même m'occuper de son plaisir d'homme. Puis, je m'écarte et lui fais face. Nos regards se croisent. Je prends le verre qu'il tient en main, m'agenouille entre ses jambes. Il ne me faut que quelques minutes à grand renfort de mouvements précis du poignet et de coups de langue pour le faire éjaculer. Comme la femme tout à l'heure, je recueille son sperme dans le verre. Puis, je lui montre sa semence qui flotte dans le liquide clair, que j'identifie comme étant du gin, et j'avale le tout cul sec !

Autant vous dire que ma prestation impressionne ces messieurs. Les deux hommes qui se tiennent de chaque côté de mon partenaire se lèvent, et avec douceur, m'emportent vers le lit au centre de la pièce. Je voulais une queue pour me défoncer la chatte ? Eh bien, je sens que ça va être ma fête !

19

Effectivement, je ne suis pas déçue. Mes deux partenaires sont bien décidés à prendre leur plaisir dans mon corps et ne sont pas avares de coups de reins. Pendant que le premier est enfoncé dans mon ventre, le second me propose son membre à sucer. Ils transpirent sous l'effort, m'enivrant de leurs odeurs de sueur. À chaque mouvement, sa bite me comble. Je suis en extase. J'aimerais que ça ne s'arrête jamais, mais la nature en décide toujours autrement. Dans un long râle, je prends mon pied comme jamais. Mon corps vibre comme une corde de guitare. L'homme entre mes cuisses pousse son bassin vers l'avant pour enfoncer son membre le plus loin possible en moi et éjacule sa semence, les mâchoires serrées, le regard fixe.

L'instant est magique et j'accompagne son plaisir par des gémissements de satisfaction. Nous demeurons pendant quelques secondes encore, soudés l'un à l'autre dans une communion d'extase. Puis, il se retire. Le vide qu'il laisse alors dans mon ventre provoque en moi un étrange sentiment d'abandon. Heureusement, son copain prend aussitôt sa place dans ma chatte. Je suis à nouveau pleine d'un membre mâle et totalement comblé. Je vis un véritable moment de bonheur charnel. L'homme me défonce sans aucune retenue. Je ressens sa bite dure comme de l'acier qui me ravage les entrailles. Dans son regard, je lis qu'il veut se prouver qu'il a les capacités physiques pour donner beaucoup de plaisir à une fille. Et croyez-moi sur parole, il y parvient parfaitement. Je hurle ma jouissance et en fais profiter tous ceux qui se trouvent dans la pièce, déclenchant des applaudissements et des rires.

Mon partenaire prend ça pour un encouragement et redouble d'efforts. J'ai la chatte en feu. Par réflexe, mon bassin se met à onduler pour accompagner les coups de boutoir de mon baiseur. À ce rythme, il ne tiendra pas encore longtemps. Très vite, je sens sa bite qui paraît gonfler dans mon vagin. C'est le signe pour la femelle que le mâle va libérer sa semence. Je me mets à gémir pour lui indiquer que je suis prête à le recevoir. Soudain, il bloque ses mouvements de bassin en essayant, lui aussi, de s'enfoncer le plus profondément en moi et se vide les couilles dans mon ventre. Je sens son sperme gicler au fond de mon utérus et ça me procure une sensation de plénitude. Tandis que je cherche à reprendre mon souffle, il se retire de ma chatte pour me laisser pantelante et vidée de mes forces sur le matelas.

Puis, d'autres personnes viennent s'installer autour de moi. C'est de nouveau une véritable orgie avec son concert de gémissements et de chair qui claque. Les corps se mélangent et se chevauchent pour se donner de la jouissance. Malgré tout le sexe auquel je me suis adonné depuis que mon entrée dans ce temple qui semble lui être dédié, j'en veux encore. Mon organisme bourré d'ocytocine ne parvient pas à se rassasier. À cet instant, je suis prête pour un gang bang avec au moins une vingtaine de mecs. Je tourne la tête pour apercevoir Devil qui prodigue une fellation d'enfer à un gars plutôt canon. Je bondis du lit pour me précipiter et m'agenouiller à ses côtés.

— Besoin d'aide ?

Elle retire le membre épais de sa bouche pour me répondre.

— Volontiers. Monsieur prétend que je ne parviendrai pas à le faire jouir dans la demi-heure.

Je lève les yeux vers le type qui me sourit. Il est beau comme un dieu. Des abdos en béton sur lesquels je laisse glisser ma main. Puis sans le quitter du regard, je m'adresse à Devil.

— C'est parce qu'il ne nous connaît pas. Monsieur va gicler comme une fontaine dans moins de dix minutes.

Tandis que Devil reprend sa fellation, art qu'elle maîtrise avec brio, je happe d'un mouvement de la langue, les testicules du prétentieux pour les mettre dans ma bouche. J'ai agi sans vraiment réfléchir et manque de m'étouffer avec, tellement elles sont énormes. Franchement, les couilles des mâles sont un véritable délice. Le velouté et la fine texture de la peau du sac qui les contient sont une pure merveille en bouche. J'adore les lécher ou les gober et je suis toujours impressionnée par leur dureté et leur lourdeur. Je les imagine être en permanence pleine d'un foutre crémeux qui n'attend qu'un peu d'attention pour jaillir.

Devil et moi déployons toute notre expérience pour conduire notre partenaire à l'orgasme. Notre technique est rodée. Nous plaçons nos bouches de part et d'autre de la hampe de la bite pour les faire coulisser, simulant ainsi la pénétration. Ensuite, nos langues tournoient sur le gland en titillant le frein régulièrement. Aucun mâle ne peut résister longtemps à un tel traitement. D'ailleurs, depuis quelques secondes, le sourire de défi sur les lèvres de notre partenaire a disparu, tandis que sa respiration est devenue plus rapide. Devil m'adresse un clin d'œil. Ses mains se plaquent sur les fesses du mec et elle enfourne jusqu'au fond de sa gorge, le membre dressé. Puis, elle applique un mouvement de va-et-vient. L'homme se met à souffler plus fort. Son ventre se contracte. Pour aider Devil, j'ai pris ses couilles dans ma main et je les malaxe doucement.

Après quelques minutes de ce traitement, Devil me cède la place. Je la remplace avec la même ardeur. Ce mec va éjaculer dans moins de deux minutes ou je ne m'appelle plus Angel ! Mais le mâle est orgueilleux et ne se rend pas facilement. Il pousse un cri de surprise quand Devil lui introduit un doigt dans le cul, espérant ainsi le conduire à se vider les couilles plus vite. Sa respiration devient saccadée et irrégulière. Je sais d'avance que nous avons gagné. Il ne nous reste plus qu'à l'amener au point de non-retour pour le voir grimacer et éjaculer un nectar chaud et épais dont il va nous régaler. Je m'en réjouis déjà.

Le bouquet final s'annonce enfin. Je présente mes seins qui vont être le réceptacle du sperme. Devil branle très vite la bite qui semble encore grossir dans sa main. Le souffle rauque, l'homme bascule la tête en fermant les paupières. Je ne veux rien manquer du spectacle. Mes yeux sont scotchés au méat et je suis prête à recevoir l'offrande masculine et à partager le plaisir du mâle. Enfin, Devil donne le coup de poignet ultime. Le sperme jaillit. Il est blanc, crémeux, épais et s'écrase lourdement sur ma poitrine. Un, deux, trois… Les jets sortent en abondance. Une chaleur irradie mon ventre. Je pousse des gémissements en chœur avec ceux de l'homme. Il est beau, envoûtant dans la jouissance et j'ai envie que son éjaculation ne cesse jamais. Qu'il reste constamment dans cet état d'extase. Dès le dernier spasme, Devil se précipite sur moi pour lécher tout le jus dégoulinant sur mes seins, dont la forte odeur flatte mes sens olfactifs. Elle s'applique à tout ramasser avant de montrer sa bouche emplie de sperme à notre partenaire. Puis, elle se tourne vers moi. Je penche la tête et elle laisse couler une partie de la semence dans la mienne. Je la goûte comme on le ferait d'un bon alcool. Devil colle ses lèvres aux miennes et nous entrelaçons nos langues dans un baiser torride.

20

J'ai une amie photographe dont la spécialité est de prendre des portraits d'hommes nus dans différents lieux naturels. Je m'arrange souvent pour l'accompagner. D'abord, ses clichés sont de véritables œuvres d'art, mais aussi parce qu'elle trouve toujours des mecs canon pour y participer. À chaque séance, je suis dans tous mes états. Voir ces mecs s'exposer à poil dans une forêt ou un champ m'excite comme une dingue. L'un d'eux s'est même barbouillé de terre pendant une prise et, si nous n'avions été que les deux, j'aurais exigé qu'il me saute immédiatement. J'ai rarement eu l'occasion de baiser en pleine nature. Mes partenaires sont toujours des citadins convaincus, propres sur eux et aspergés de parfums entêtants comme dans les romances débiles.

Un homme doit sentir le mâle ! Dans la mesure du respect des mesures d'hygiène, bien évidemment. J'ai le fantasme du coït en extérieur et j'espère bien l'assouvir encore plusieurs fois. En attendant, Devil m'a conduite dans ce lieu dédié à la baise et aucun mec ne sortira d'ici avec les couilles pleines.

J'en suis à ma troisième fellation aboutie et un nombre incalculable d'orgasmes. Je dois avoir des poches sous les yeux et la mine fatiguée.

Au milieu de la nuit, j'ai fait le tour complet de toutes les pièces que compte ce lieu. J'ai repéré quelques hommes dont les capacités leur permettent d'avoir plusieurs rapports rapprochés. Ils sont tous jeunes. Je me suis donc arrangée pour profiter d'eux et baiser sans limites. Le sperme séché partout sur mon corps tiraille ma peau. De son côté, Devil a décidé de s'occuper des filles. Elle a organisé une orgie lesbienne dont elle est la reine. Je crois que ce qui fascine les participantes qui se sont jointes à elle, c'est sa toison pubienne d'un noir profond qui amplifie sa peau couleur café. Devil hypnotise toutes les personnes qui la croisent. Quand je me présente sur le pas de la porte en écartant la tenture, les gémissements féminins emplissent l'espace. Les corps entremêlés se lèchent, se lapent, s'embrassent. Devil a les cuisses relevées, tandis que deux filles lui bouffent la chatte. Elle tourne le regard dans ma direction et me sourit.

Mon attention est captivée par ce spectacle quand, soudain, un homme se colle derrière moi. Son sexe durci se glisse entre mes jambes. Je creuse les reins pour lui faciliter le passage. Sa bite entre dans ma chatte humide comme dans du beurre. Il s'accroche à mes hanches et commence à me secouer en imprimant un mouvement de va-et-vient à son bassin. Toute mon énergie, du moins celle qui me reste, se concentre vers mon ventre. Je l'accompagne en donnant des coups de cul vers l'arrière, mais sans jamais quitter Devil des yeux. Après quelques minutes, l'homme grogne bruyamment et déverse son sperme dans mon vagin. Puis, il se retire et disparaît comme par enchantement. Je glisse une main entre mes cuisses pour recueillir sur le bout de mes doigts le jus qui coule de ma chatte. Je le hume et m'approche de Devil pour lui déposer ce nectar sur les lèvres.

Je m'allonge ensuite à ses côtés et me colle contre son corps souple et chaud. Puis, j'écarte les jambes et invite une fille à venir me laper la vulve. Une petite brune se porte volontaire. Sans aucune hésitation, elle plaque sa langue à mes lèvres intimes encore souillées du sperme du mec qui m'a baisée dans le couloir. Ce que j'ai compris, c'est que ce club est fermé et que tout le monde se connaît. Je ne dois ma présence qu'au fait que Devil en est membre et qu'elle a assuré aux autres que j'étais clean. Il n'y a pas une femme ici qui n'a pas goûté le sperme de chaque homme ni une chatte qui n'a pas été léchée par tous les mecs. C'est le paradis du foutre et de la cyprine ! Je suis dans mon élément. La fille entre mes jambes sait la bonne manière de jouer avec la pointe de sa langue dans mon mille-feuille intime. Je couine de plaisir. Elle s'attarde un peu avant de s'occuper de mon clitoris qui s'enflamme aussitôt.

Je plains les hommes de ne pas posséder un tel organe, même s'il paraît que c'est en fait les vestiges d'une bite selon les spécialistes en anatomie. Comment décrire ce qu'une femme ressent quand une langue titille ce petit bout ? C'est comme si votre corps devenait un pays de rivières et que l'aboutissement de chacune d'elles soit ce point sensible. Toutes les énergies sont drainées à cet endroit de mon organisme tandis que le reste est déconnecté. C'est fabuleux.

La fille donne un ultime coup de langue. Mon corps se recroqueville, puis se détend d'un coup et je jouis pour la énième fois de la soirée. Devil crie à son tour. Je me tourne pour l'embrasser. Sa langue s'enroule autour de la mienne et nous échangeons un long baiser langoureux. J'ai encore envie de me faire prendre, mais mon corps ne veut plus suivre. Alors, je décide de jouer au matelas en invitant tout homme en érection à venir se défouler sur moi. Mon appel ne tarde pas à attirer des candidats. Trois mecs s'approchent et m'entourent. Deux empoignent mes jambes pour les relever, tandis que le troisième me fourre sa bite dans la chatte sans attendre. Il se met immédiatement à me bourrer de coups de reins augmentant la cadence rapidement. Je gémis par pure politesse.

Repue de sexe et éreintée, c'est à peine si je sens sa queue frotter mes parois vaginales, tellement ma chatte est ouverte. Bientôt, il pousse des grognements de bête en rut et se vide les couilles en moi. Puis, il échange sa place avec un de ses amis et le manège recommence. Devil nous observe en me caressant les cheveux, une fille toujours affairée entre ses cuisses.

Depuis le début de ma vie sexuelle, je n'ai pas le souvenir de m'être autant fait baiser. Ma chatte déborde de foutre et mon corps en est recouvert. Je n'ai jamais été aussi bien dans ma peau. Mon second partenaire se retire et éjacule sur mon ventre. J'étale nonchalamment sa semence sur moi, tandis que le troisième candidat se met en place pour entrer en moi. Je suis heureuse d'être une femme. Pas besoin d'attendre entre deux orgasmes pour retrouver de la vigueur. Nous possédons la faculté de baiser non-stop et de jouir en permanence. Seul l'épuisement peut nous interrompre. Dans cette position, il me suffit de maintenir mes jambes ouvertes pour recevoir sans fatigue tout le sperme des mâles qui s'enfonce en moi. D'autres hommes viendront eux aussi m'arroser de leur foutre, avant que l'aube se lève et nous trouve endormies sur le lit, Devil et moi.

21

Le plus pénible à enlever, c'est dans les cheveux. C'est pourquoi lorsqu'un un mec veut vous éjaculer sur le visage, il ne faut pas hésiter à lui dire de ne pas vous en mettre partout. Malheureusement, ils ne sont pas tous habiles et puis, quand le sperme jaillit, c'est difficile de bien contrôler la direction des jets tandis que le corps et l'esprit sont dominés par l'orgasme. C'est pourquoi, depuis plus de dix minutes, Devil et moi bataillons ferme avec l'aide d'un shampoing et de gel douche pour nettoyer nos épidermes des excès sexuels de la nuit. Avec une grosse éponge de bain en main, je lave Devil, qui se laisse faire en poussant de petits gémissements de contentement. L'eau chaude ruisselle sur nous. C'est un moment de détente que nos deux organismes apprécient. Nous nous sommes réveillées au petit matin et avons décidé de rentrer à mon appartement pour prendre une bonne douche.

Devil écarte les cuisses pour que je puisse faire sa toilette intime. Je me sers de ma main nue. Sentir les replis soyeux des chairs de sa vulve est un sublime bonheur pour mes doigts. Tandis que je m'applique à redonner de la fraîcheur à sa chatte, elle en profite pour m'embrasser.

Cette fille, c'est plus qu'une véritable drogue pour moi. Son corps souple et élastique capable de prendre des positions incroyables, sa peau dorée et parfaite, son côté princesse hindoue sont une source d'émerveillement permanent. Je me détache de sa bouche pour téter les pointes dressées de ses seins. La tête me tourne tandis que mon ventre s'enflamme d'un désir violent. J'ai passé la nuit à me faire baiser par tous les trous et par une multitude de mecs et de nanas, mais dès que je suis en présence de Devil, je suis dans un état d'excitation sexuelle permanent. Même les hommes, à qui il suffit de me sortir leurs bites pour que je devienne une nymphomane à moitié folle, ne me font pas autant d'effet que Devil. Ce qui me paraît le plus étrange, c'est qu'en temps ordinaire, je suis une fille plutôt indépendante. Or, avec elle, je suis totalement soumise à son emprise et je serais prête à faire tout ce qu'elle me demande. Je sais qu'elle me réserve d'autres surprises comme celles que nous avons vécues au cours des soirées précédentes. Je me suis prise au jeu, impatiente à chaque fois que vient la nuit de découvrir où elle va m'emmener.

Nous sortons de la douche pour aller nous étendre nues au soleil sur la terrasse. Je nous prépare un smoothie revigorant et nous laissons nos corps profiter des bienfaits de la chaleur qui règne sur la ville en cette fin de matinée.

— Tu as aimé cette soirée ?

Devil s'est tournée vers moi. Je lui souris.

— Je n'ai jamais pris un pied pareil de toute ma vie. Tu connais beaucoup d'endroits comme celui-là ?

— Quelques-uns. Prochainement, je t'emmènerai dans un lieu d'initiation.

Je la dévisage, un peu intriguée.

— C'est-à-dire ?

— Il y a des hommes ou des femmes qui peuvent en avoir assez d'une existence remplie de routine et qui se lancent dans la recherche de sensations extrêmes pour pimenter leur quotidien. J'ai un ami qui s'occupe de ce genre de services. Il organise des soirées sexe dans différents lieux, selon la demande. La dernière fois, j'ai assisté à une orgie. Une femme prise par une cinquantaine d'hommes. C'était incroyable. Les mecs étaient comme dingues. Un vrai troupeau de bêtes en rut.

— Et la fille ?

— Aux anges !

— Tu m'étonnes. Cinquante mâles remontés à bloc, avec les couilles pleines, et prêts à te faire ta fête, il y a de quoi se sentir au Nirvana.

— Tu aimerais ?

— Je ne sais pas. Ça doit demander beaucoup d'énergie pour satisfaire tous ces partenaires, non ?

— Oui, mais imagine le nombre d'orgasmes ?

Une lueur gourmande allume son regard. Je pressens qu'un soir, Devil va me conduire dans un endroit particulier et que je vais devoir encaisser quelques kilomètres de queue pour mon plus grand plaisir et le sien.

— C'est le programme que tu me réserves ?

Elle secoue la tête.

— Non. Ce soir, nous allons nous assister à un spectacle plus chaud et un plus hard.

Je tente d'en apprendre plus. Mais c'est impossible. Devil affiche un petit sourire énigmatique et se tourne pour s'exposer entièrement au soleil. Jusqu'à ce que nous nous installions à l'arrière du taxi, elle demeure muette comme une tombe.

22

L'endroit s'apparente à une ancienne usine désaffectée. L'entrée dans le bâtiment se fait par une lourde porte en fer qui coulisse sur un rail. Elle est contrôlée par un homme qui possède la carrure d'un lutteur. Son regard se pose sur nous dès que Devil et moi nous présentons. Elle lui montre sa carte d'identité et la mienne. Après avoir vérifié sur la tablette électronique qu'il tient en main, le malabar nous ouvre le passage et nous pénétrons dans les lieux.

C'est une salle immense parsemée de plusieurs piliers en béton qui soutiennent le plafond. En son centre, une place couverte d'un épais tapis est cernée de chaises disposées en demi-cercle. La plupart sont déjà occupées par des hommes et des femmes. Je sens que le spectacle va être à la hauteur de mes attentes. Nous nous installons sur le devant de la scène. L'éclairage est ajusté à l'ambiance. Aussi, nous sommes plongées dans une pénombre qui me permet tout juste de distinguer les visages des autres invités. En revanche, le centre est illuminé par des projecteurs. Tout ce qui va s'y dérouler sera parfaitement visible pour tous les spectateurs.

Nous patientons un petit quart d'heure en silence, le temps que tout le monde arrive et s'installe. Puis, une musique retentit. Quelques minutes après, une femme habillée d'une combinaison de cuir fait son entrée depuis le fond de la salle. En sortant de l'obscurité pour pénétrer dans la lumière, elle confère à son apparition une connotation mystérieuse. Sa tenue possède deux ouvertures au niveau de la poitrine qui permettent à ses seins d'émerger. Les tétons sont rouges et dressés. Elle avance d'une démarche féline qui captive l'auditoire. Mais ce qui est encore plus surprenant, c'est la fille qu'elle tient au bout d'une chaîne. Cette dernière est attachée par un collier autour du cou et ses mains sont liées dans son dos. Elle est entièrement nue et accompagne docilement la femme.

Des hommes entrent à leur tour dans le cercle de lumière. Ils sont vêtus de combinaisons noires et poussent devant eux un chariot sur lequel un assemblage de tuyau en métal forme comme une cage qui retient prisonnière une autre femme. Elle aussi est à poil et est maintenue dans la position de la levrette. Sa bouche et sa vulve sont à la hauteur des sexes des hommes. Je comprends aisément qu'elle va devoir subir leurs assauts. Le rôle que va jouer la fille au bout de la chaîne est encore obscur, même s'il est facile de deviner qu'elle aussi va devoir se soumettre aux coups de reins des mâles. La femme en noir, que j'ai décidé de surnommer la maîtresse, fait faire le tour de la scène à sa prisonnière, comme si elle la présentait tel un animal dans une foire. Pendant ce temps, les hommes installent leur chariot au centre. Puis, sans plus attendre, il retire leurs combinaisons.

Je m'enflamme. Ces mecs qui se dévoilent entièrement d'un coup, c'est un stimulant incroyable. Leurs sexes encore flasques pendent entre leurs cuisses musclées, mais leur longueur présage de belles bites en érection. Ces étalons ont été sans aucun doute triés dans un panel pour impressionner les spectateurs, et surtout les femmes. D'ailleurs, des murmures parcourent déjà l'assemblée. Le mec assis à côté de moi dégrafe son pantalon et, sans aucune hésitation, il sort sa queue et entreprend de se masturber lentement. J'ai comme dans l'idée que cette petite soirée intime va rapidement tourner à la baise générale. Mon voisin n'est pas le seul à s'adonner à des attouchements, plusieurs femmes ont déboutonné leur chemisier pour se caresser les seins.

Sur la scène, le rôle de la fille enchaînée se précise. Elle va servir de préparatrice aux autres. Sa maîtresse l'a approchée de celle en cage et obligée à lui laper la chatte. Les mecs sont, pour le moment, toujours immobiles. Après quelques minutes de ce traitement, la maîtresse tire sur la chaîne et conduit sa prisonnière devant l'homme le plus proche. Celle-ci tente de gober la bite offerte et doit s'y prendre à deux fois, ne pouvant s'aider de ses mains attachées dans son dos. Elle parvient enfin à enfourner le tuyau de chair molle et entreprend une fellation avec de rapides mouvements, balançant sa tête d'avant en arrière. Très vite, la queue commence à durcir pour emplir la bouche de la fille. L'exercice devient plus difficile. Elle se met à saliver abondamment et de la bave coule sur son menton. Le type semble indifférent aux caresses buccales de sa partenaire.

Estimant que le membre est dans un état satisfaisant, la maîtresse tire sur la chaîne. Aussitôt, sa prisonnière cesse la fellation et s'avance vers un autre homme pour recommencer. Pendant ce temps, le mec à la queue dressée s'approche de la fille en cage pour se placer derrière elle. En s'aidant de sa main, il pointe son gland à l'entrée du vagin de la femme et, tout en s'accrochant aux barreaux pour se donner plus de force, il l'embroche d'un coup jusqu'aux couilles. Elle pousse un cri de surprise qui finit en râle dans lequel il est difficile d'identifier douleur et plaisir. L'homme se retire entièrement, avant de la pénétrer à nouveau de toute la longueur de son sexe. Le rythme est donné. Soumise aux coups de reins de son baiseur, la femme se met à crier sans retenue. Maintenue dans cet enchevêtrement de ferraille, elle ne peut pas bouger ni contrôler, elle non plus, la profondeur de la pénétration. Or, le phallus de son partenaire est long et doit sans aucun doute buter contre le fond de la matrice, ce qui peut parfois s'avérer douloureux.

Après plusieurs minutes, l'homme se retire. Il contourne le chariot et vient présenter sa bite à la bouche de la femme dans laquelle il s'enfonce aussitôt avant de recommencer le même mouvement d'avant en arrière. Immobilisée, elle ne peut échapper au traitement et ne peut que réprimer son envie de vomir. Derrière elle, le second mâle préparé par la fille à la chaîne se présente à son tour pour s'enfoncer avec la même brutalité dans le ventre de la prisonnière. À l'avant, l'homme est soudain secoué de spasmes et il éjacule son foutre au fond de la gorge de la femme qui manque de s'étouffer. Une fois ses couilles vidées, il se retire et va se placer à l'écart.

Pendant plus d'une demi-heure, nous assistons au spectacle édifiant de cette femme entravée qui encaisse sans broncher de violents coups de bites dans sa chatte et doit ingurgiter, sans pouvoir s'y soustraire, les giclées de sperme de ses partenaires. Quand le dernier homme est prêt pour la pénétration, la maîtresse de la fille enchaînée décide de la faire déambuler parmi le public. Un spectateur lève alors la main. La maîtresse tire sur la chaîne et conduit sa prisonnière à ses pieds. Celle-ci s'agenouille entre les cuisses du type qui a déjà sorti sa queue pour la lui mettre dans la bouche.

Je suis en transe. Plus précisément, en ébullition. Ma chatte coule comme une rivière et je ne dois pas être la seule dans la salle. Les gens jusqu'alors immobiles sur leurs chaises commencent à bouger et se tortiller. Difficile d'assister à un tel spectacle en restant de marbre. De plus, les cris de jouissance de la femme en cage ne sont pas pour apaiser les sens. J'envie sa place, maintenant. Devil se penche vers moi.

— C'est pour bientôt...

Je n'ai pas le temps de lui demander des explications. Le dernier homme vient d'éjaculer dans la bouche de la fille en cage et, déjà, les autres sont en train d'actionner des loquets pour la libérer. Elle s'extrait de sa prison métallique sous les applaudissements du public. Le seul qui ne participe pas à cette liesse est le partenaire de la fille enchaînée. En effet, arrivé au point de non-retour, il s'est levé pour lui arroser le visage d'un sperme abondant et épais en poussant des grognements sourds. Quand un des hommes sur scène me désigne du doigt, mon cœur se met à battre plus vite.

23

Je demeure figée. Devil m'oblige alors à me lever en me poussant. Dans la pénombre, je perçois que tous les regards sont tournés vers moi. Lentement, je me faufile entre les chaises pour entrer dans le cercle de lumière. J'entends les autres me féliciter et m'encourager. L'homme qui m'a désignée m'attrape par la main et m'emporte au centre de la scène. Puis, la femme qui vient d'être libérée commence à me déshabiller. Ou plutôt à m'effeuiller avec délicatesse pour le plus grand plaisir du public. Je suis prise de vertige. Se retrouver toute nue, tandis que, dans l'ombre, des dizaines de paires d'yeux vous détaille est une expérience troublante. Mon souffle s'accélère en même temps que les battements de mon cœur. Soumise comme un être sans volonté, je suis poussée vers la cage. L'homme m'aide à m'y installer. Je sursaute au contact du fer avec ma peau, car c'est glacé. Mes mains et mes pieds sont immobilisés et à présent, je ne peux plus bouger. Les mecs s'alignent et la femme enchaînée reprend son travail de mise en forme.

Pendant ce temps, la fille qui occupait ma place précédemment fait pivoter le chariot sur lequel je suis prisonnière à mon tour. Elle s'arrête dès mon cul se retrouve exposé à la vue du public. Puis, de ses doigts, elle écarte les replis de ma vulve pour bien la présenter à tous. Je suis morte de honte. Toutefois, je n'ai pas longtemps à attendre. Quand le premier de mes partenaires pointe l'entrée de ma grotte secrète avec sa bite, je ferme les yeux. Malgré moi, mon ventre se crispe. La femme qui occupait la place avant moi fait partie du spectacle et je suppose qu'elle a l'habitude de se prendre des coups de reins d'une telle intensité. Mais moi, ce n'est pas mon cas, même si ma chatte est une guerrière du sexe que rien n'effraie. Mais lieu de me défoncer brusquement, l'homme change de tactique. Il introduit d'abord son gland pour ensuite entrer en moi. Mes chairs intimes s'écartent pour accueillir le membre mâle. Ces sensations de douceur et de plaisir entremêlées me font monter les larmes aux yeux. Mon vagin est lubrifié comme il faut et cette pénétration lente est un pur délice. Je me mets à couiner pour exprimer mon contentement tout en songeant que je dois cet instant à Devil qui a sûrement donné des directives à mes partenaires pour que tout se passe bien. Quand l'homme bute au fond de ma matrice, je manque de défaillir de plaisir et pousse un cri rauque. Dire que ce que je ressens à cet instant est trop bon et en deçà de la vérité. Mon corps est en extase et je décolle vers les étoiles.

Mon baiseur s'accroche aux barreaux et c'est parti pour un tour de manège. Ses va-et-vient deviennent plus brusques, mais la pénétration demeure aussi profonde. Je gémis sans retenue. Ce qui est étrange, c'est de ne pas pouvoir bouger. En général, dans la position de la levrette, j'aime pouvoir donner des coups de cul vers l'arrière pour accompagner les mouvements du mâle qui me baise. Prise dans cette cage de fer, je me fais l'effet d'être un morceau de viande que l'on embroche. Une poupée gonflable soumise au désir sexuel d'un prédateur lubrique. Je suis trop stressée pour que l'orgasme puisse survenir maintenant. Mon partenaire, en revanche, a le souffle court, indiquant qu'il est proche de l'éjaculation. Je redoute soudain de devoir engloutir sa bite jusqu'au fond de ma gorge pour ensuite avaler tout le foutre qui va en sortir. Seulement, il est trop tard pour me poser des questions, car le mâle est déjà devant moi, me présentant sa verge dressée. Comme à chaque fois, mon cerveau se déconnecte et toute volonté de résistance s'éloigne. Mes lèvres s'entrouvrent dans un réflexe pavlovien permettant à l'homme d'y glisser sa queue.

Il est énorme et j'ai peur d'étouffer. Car, sans s'occuper de moi, le mec entreprend de baiser ma bouche comme il l'a fait de ma chatte quelques secondes auparavant. Celle-ci d'ailleurs n'est pas en reste, puisqu'un autre mâle s'est installé dedans et la malmène tout autant. Je suis dans l'impossibilité de ressentir quoi que ce soit pour le moment. La bite qui bute contre le fond de ma gorge accapare toute mon attention. Ma position est inconfortable, mais l'homme s'en moque. À la recherche de son plaisir, il bourre ma bouche de coups de reins sans s'occuper de moi. J'ai incliné ma tête de manière à soulager mes cervicales tout en serrant mes lèvres au possible pour le faire jouir plus vite. J'ignore pendant combien de temps prend cette baise buccale, mais quand enfin, mon partenaire lâche d'abondants jets de sperme chaud au fond de ma gorge, le soulagement a remplacé l'inquiétude qui me tenaillait quelques minutes plus tôt.

Mais le répit est de courte durée. Dès que le mâle délesté de son foutre se retire de ma bouche, celui qui était dans ma chatte vient prendre sa place et est aussitôt remplacé par un autre. Je reçois cette nouvelle queue qui est moins longue, mais plus grosse que la précédente. Je dois écarter les mâchoires au maximum pour ne pas blesser mon partenaire avec mes dents. Celle qui laboure mon ventre me paraît dure comme de la pierre. Cette fois, j'essaie de concentrer mon attention sur elle, plutôt que sur celle qui se trouve dans ma bouche. Malgré cette copulation intense et les multiples baiseurs qui m'assaillent, je ne ressens toujours pas les prémisses du plus petit orgasme.

J'engloutis mécaniquement la nouvelle dose de sperme qui éclabousse ma langue et me prépare à une autre bite dans ma bouche et ma chatte. Le rituel continue pendant d'interminables minutes. Quand le dernier mec se vide les couilles entre mes lèvres, je n'ai pas joui. Du moins, pas comme j'en ai l'habitude. Si mon corps n'a pas vibré, dans ma tête en revanche, c'est un grand chamboulement. Jamais je ne me serais crue capable d'offrir ainsi mon cul à des inconnus. Entravée dans une cage et docile comme une pute que l'on a payée. Le plus bizarre, c'est que j'en ai ressenti une forme de plaisir. Tous ces hommes se sont servis de moi pour soulager leur besoin sexuel, me fourrant leurs bites dans le corps comme ils baiseraient une poupée de latex. Dans ma tête, je suis à présent disposée à assouvir tous leurs caprices.

Devil a quitté sa place pour venir vers moi. Quand elle entre dans la lumière, des exclamations d'admiration retentissent. Elle est magnifique, sexy et féline à la fois. Elle se baisse à ma hauteur pour m'embrasser longuement. Sa langue s'enroule autour de la mienne comme une liane. Je gémis. Puis, elle approche sa bouche de mon oreille.

— Je veux que cette nuit soit une première pour toi.

Elle se redresse et contourne le chariot pour poser sa main sur ma vulve. Ses doigts glissent en moi pour entamer un mouvement de pénétration qui devient rapide. L'orgasme explose dans mon ventre. J'émets un cri primal de femelle en rut. Devil connaît chaque parcelle de mes parois vaginales et elle sait où appuyer pour m'envoyer dans les étoiles. Le public applaudit. Tandis que j'essaie de retrouver une respiration normale, elle s'intéresse pour la première fois à une zone demeurée interdite jusqu'alors. Je tressaille en même temps que mes fesses se contractent.

24

Au début, je pensais que c'était Devil qui venait d'enfoncer un doigt dans mon anus. Mais, au même instant, elle est devant moi et se penche pour m'embrasser avant de me glisser à l'oreille une phrase qui me donne un aperçu précis du programme pour les minutes à venir.

— J'ai sélectionné dix mâles bien membrés pour toi. Ce soir, je veux que tu perdes ton pucelage anal.

Je suis terrifiée. L'idée de me faire défoncer le cul me fait peur. Et par dix bites, en plus, c'est totalement inconcevable pour moi. Plusieurs de mes partenaires sexuels ont parfois exigé cette pratique à laquelle je me suis toujours refusée. La douleur m'est insupportable et j'imagine que se faire distendre l'anus par une énorme colonne de chair, dure comme de l'acier, doit être un moment difficile à passer.

Or, le sexe est synonyme de plaisir pour moi. Il m'est arrivé parfois d'avoir mal lorsque ma chatte n'était pas tout à fait prête à recevoir le mâle. Mais c'est arrivé très rarement et je n'en ai ressenti qu'une douleur fugace vite remplacée par la jouissance de la pénétration.

La sodomie n'est pas un acte évident dans le sexe. Mais Devil veut me convaincre du contraire. Elle s'adonne à l'occasion à cette pratique avec ses partenaires et le vit à chaque fois comme un moment d'une rare intensité. Si elle cherche à me la faire découvrir, c'est surtout parce que, malgré mon refus de m'y conformer, je lui en parle souvent comme d'une obsession. D'ailleurs, elle a coutume de prétendre lors de nos discussions sur le sujet que je suis une anale refoulée. Je me suis opposée à toutes ses tentatives de me pénétrer avec un sex-toy. Mais au fond de moi, j'ai toujours eu la certitude qu'au cours d'une de nos virées nocturnes, Devil allait me soumettre à l'épreuve. Aussi, j'ai pris l'habitude de préparer mon corps à chaque sortie dans cette éventualité.

Je la cherche son regard. Mais elle s'est éloignée pour sélectionner dix hommes du public. Des mecs dont l'expérience en matière de sodomie n'est plus à démontrer, j'en suis certaine. Je lui fais confiance malgré l'angoisse qui me serre le ventre. De toute manière, je n'ai plus le choix que d'accepter mon sort. Le doigt planté dans mon cul ressort soudain. Puis, je sens un liquide sur mon anus. Les mecs que Devil a sélectionnés pour moi sont maintenant alignés face à ma cage. Ils se déshabillent. Mes yeux courent d'un sexe à l'autre. Puis, chacun empoigne sa bite et entreprend de se faire durcir. Ça ne leur demande que quelques minutes pour être en érection. Ils sont beaux. Le premier s'approche, me présente sa queue pour que j'en apprécie les dimensions. C'est donc ce phallus qui va défoncer mon cul pour me prendre mon pucelage. Tous mes muscles se contractent. L'homme contourne le chariot. Devil est avec lui, je l'entends lui donner des recommandations. Puis je sens le gland toucher mes sphincters. Mes fesses se crispent, mais le mâle ne renonce pas. Il pousse pour entrer dans mes entrailles. Je résiste, mais la nature est implacable, le pénis est un outil de pénétration, c'est son rôle et sa fonction. Peu importe que ce soit un vagin, une bouche ou un anus, ce sont des endroits aptes à le recevoir. Le blocage dans ma tête provoque des réactions de défense de mon corps qui ne facilitent pas le travail de mon partenaire. Mais Devil me connaît. Elle enfile deux doigts dans ma chatte, ce qui a pour effet de relâcher les tensions de mes muscles. J'émets un hoquet de surprise, quand le gland du mec est absorbé par mon anus. C'est grandiose. La bouche grande ouverte, je halète comme une chienne. J'ai mal, mais pas autant que je l'avais cru. L'homme continue de pousser sa bite en moi. À grand renfort de lubrifiant, Devil lui permet d'aller plus en avant. Les doigts dans ma chatte m'aident aussi beaucoup à accepter ce cylindre de chair dure qui avance lentement dans mon cul. Les dimensions de ce premier partenaire sont modestes, mais j'ai quand même une sensation d'énormité.

Quand je sens ses couilles ballotter contre ma vulve, je réalise que le mec est planté en moi de toute sa longueur. Il ne bouge pas et, malgré tout, je ressens toutes sortes de sensations, mélange de douleur et d'un plaisir que je n'aurais pas soupçonné et que je découvre. L'homme a soudain une réaction qui me déconcerte. Il se retire lentement et sort totalement de mon cul. Le vide qu'il laisse quand son gland franchit mon anus me procure un sentiment d'inachevé. Je me surprends d'être frustrée de son manque d'activité.

Cependant, je n'ai pas longtemps à attendre, car déjà un autre lui succède. Sa bite est plus épaisse. Lorsqu'il force le passage de mes sphincters, la douleur est plus vive. Je comprends soudain toute la stratégie mise en place par Devil pour mon dépucelage. Elle n'a pas sélectionné des hommes, mais des queues. De la plus petite à la plus grosse, elles vont élargir le passage jusqu'à éduquer les muscles autour de mon anus. Cette fois, le mec est allé plus vite que le précédent. Puis, il s'est retiré toujours sans me donner de coups de reins, pour être remplacé par le suivant encore plus gros. La différence entre leurs bites est sans doute minime, et certainement invisible à l'œil nu. Mais quand elles sont plantées dans votre cul, c'est une autre histoire.

Chaque millimètre compte. Au fur et à mesure que les mecs se relaient dans mes entrailles, je sens que mon corps et mon esprit s'habituent à l'idée de la sodomie et je commence à ressentir du plaisir. Peu à peu, j'entrevois la possibilité d'un orgasme.

Lorsque le dernier des hommes chargés de m'élargir le cul se retire, j'ai l'impression d'avoir un gouffre à la place de l'anus. Frustrée et excitée, j'exige sans en prendre conscience que tous ces hommes reviennent pour me défoncer et me faire jouir. Ils s'organisent entre eux en respectant les directives de Devil et bientôt la première bite entre dans mon cul. Je me lâche complètement. Dès que la queue qui a glissé dans mon anus entame un va-et-vient, le plaisir me submerge. Le passage est maintenant ouvert et je ne ressens plus que la douleur infime du frottement. Je découvre une nouvelle manière de jouir. Et puis, surtout, les sphincters sont des muscles puissants. En jouant avec, je contrôle aussi bien la pénétration que si le mec était enfilé dans mon vagin. En serrant très fort, j'entends les changements dans le souffle de mon partenaire. Les mouvements sont plus difficiles et lui demandent plus d'énergie. Je prends soudain conscience que j'ai le pouvoir de le faire jouir quand je veux. D'ailleurs, très vite, il lui est impossible de se retenir plus longtemps. Je le sens s'immobiliser en se collant à moi et grogner en lâchant son sperme dans mes intestins. Il se retire et un nouveau le remplace. J'ai eu un violent orgasme à mon cinquième baiseur. C'était différent d'une jouissance vaginale, mais tout aussi intense. Emportée par le plaisir et excitée à mort, j'ai encaissé encore tous les autres. Puis, ma chatte réclamant également son dû, j'ai dit à Devil que je voulais me taper tous les mecs présents dans la salle. Certains étaient déjà occupés à baiser une partenaire, mais la plupart se sont jetés sur moi. Qui a pris mon cul, qui a pris ma chatte ou ma bouche ? Je ne pourrais le dire. Mais quand, enfin, on m'extrait de ma cage de fer, je suis fourbue, couverte de sperme et abrutie de plaisir.

Je reprends mes esprits pour comprendre qu'autour de moi, tout le monde baise à couilles rabattues. Dans la pénombre, c'est une orgie discrète. Mais les râles des hommes qui giclent et les couinements des femmes qui jouissent les trahissent. Une fois de plus, je me suis plongée dans une frénésie sexuelle qui est l'élément dans lequel je me sens le mieux. M'endormir avec la peau couverte de sperme séché et le vagin inondé de semence me procure une sensation de bien-être infinie. Peut-être que je ne suis qu'une salope nymphomane ou une folle hystérique du cul. Mais je n'y peux rien. J'ai besoin d'assouvir mes envies de mâle. Quand mon corps réclame sa ration de bite, je n'ai pas d'autre choix que de me soumettre à ses exigences. Une fois de plus, Devil m'a offert le paradis sur terre.

25

Au milieu de la nuit, alors que je suis épuisée, Devil et moi quittons les lieux pour accompagner un homme à sa voiture. J'ai remis mes vêtements sans pouvoir faire une toilette et ils collent à ma peau. Nous montons dans le véhicule et notre chauffeur démarre. Devil et moi sommes installées à l'arrière. Tandis que nous roulons vers une destination inconnue, Devil me déshabille et je me retrouve à poil. Elle en fait de même. L'homme nous mate dans le rétro. Il est jeune et dans son regard brille le désir. J'ai envie de passer à l'avant pour aller le sucer et le faire jouir dans ma bouche. Mais il ne faut pas déranger le chauffeur.

— Où allons-nous ?

Devil s'accorde quelques secondes avant de répondre.

— Dans un coin de voyeurs.

Je mets un peu de temps à déchiffrer ce qu'elle veut dire. Puis je comprends. Bientôt, la voiture entre dans un bois et, quelques minutes plus tard, notre chauffeur s'arrête sur un parking. D'autres véhicules sont déjà présents. Dans la lueur des phares, je peux voir qu'ils sont entourés de dizaines d'hommes. Certains sont encore habillés et d'autres sont nus avec seulement leurs chaussures pour ne pas se blesser sur le sol de cailloux. Ils ont tous en commun la même activité. Avec frénésie, ils se masturbent en regardant à travers les vitres des véhicules. En se contorsionnant pour se faufiler entre les sièges avant, Devil rejoint l'homme dont l'impatience est palpable. Celui-ci abaisse d'ailleurs son fauteuil en position couchette et se débarrasse à son tour de ses vêtements. Sa bite tendue en arc de cercle enflamme mes sens. Sans hésitation, Devil le chevauche et s'empale dessus. Puis, elle appuie sur les boutons de vitres pour les ouvrir un peu. Immédiatement, des grappes d'hommes s'agglutinent autour de la voiture en éclairant l'intérieur avec des lampes torches. Leurs souffles rauques et leurs grognements me font peur. Tout en s'activant sur la bite de son partenaire, Devil s'adresse à moi.

— Vas-y, mon Angel, montre-leur ta chatte et branle-toi, qu'ils te voient.

J'écarte les jambes au possible en adoptant une position confortable et je me mets à titiller mon clitoris déjà bien rouge. Au-dehors, les hommes ne perdent pas une miette de ma prestation. Devil hurle de plaisir. Sans doute en rajoute-t-elle un peu pour stimuler nos voyeurs. Je décide d'en faire de même. Après plusieurs minutes de démonstration, son partenaire est sur le point de jouir. Elle s'agenouille alors sur le siège passager. Malgré l'inconfort de l'habitacle et la difficulté à trouver une position qui puisse convenir, il parvient tout de même à éjaculer sur son visage de longs jets blancs et crémeux qui lui font un maquillage d'enfer. Il n'en faut pas plus pour que les autres se lâchent à leur tour. Des dizaines de glands rouges ou violacés se collent contre les vitres pour gicler tout le foutre contenu dans les couilles des mecs qui nous entourent. C'est une véritable pluie gluante qui s'abat sur le véhicule. Certains parviennent à glisser leur bite par l'ouverture des glaces abaissées et à m'atteindre. C'est une folie. Si je sors de la voiture à cet instant, c'est le viol assuré. Puis, la jouissance passée, la frénésie s'apaise. Comme une envolée de moineaux, les inconnus disparaissent. Devil éclate de rire.

— Tu as eu peur ?

J'acquiesce. Elle se penche vers l'oreille de l'homme pour lui susurrer des mots que je ne saisis pas. Il me regarde, hoche la tête et, à son tour, se faufile entre les sièges pour venir à moi. Il s'empare de mes fesses pour m'attirer à lui et m'allonger complètement sur la banquette. Son corps nerveux et puissant se glisse au-dessus du mien. Il m'embrasse tout en s'installant entre mes cuisses. Sa queue entre dans ma chatte. Je saisis alors mes jambes pour les relever assez haut et ainsi permettre à mon baiseur de pénétrer le plus loin possible dans mon sexe.

Quand ses couilles viennent se coller contre mon cul, je glousse de plaisir. Le mec est un pro de la nique. Chacun de ses coups de bite est un délice pour ma chatte qui rêve de vivre sa vie avec un dard de mâle perpétuellement planté en elle. Je gémis. Devil baisse le dossier sur lequel elle est assise et se penche vers moi pour me rouler une pelle. Sa langue chaude entre dans ma bouche pour s'emparer de la mienne. Être embrassée par une fille tandis qu'un homme enfonce sa bite dans votre chatte est une sensation troublante. Devil s'intéresse ensuite à mes seins. J'ai déjà eu des orgasmes avec des mecs qui savaient comment me donner énormément de plaisir en les massant, mais quand Devil s'en occupe, c'est une tout autre sensation. Je jouis différemment et, l'espace d'un instant, j'oublie qu'un homme pilonne mon ventre.

Malgré son prénom, cette fille est un ange de douceur qui a fait de moi un démon du sexe. Quand mon partenaire commence à râler, je le pousse hors de moi et, avec Devil, nous nous mettons en position pour recevoir le sperme sur nos visages. Le type se branle lentement comme si cette méthode allait lui permettre de produire plus de semence. Devil et moi collons nos joues l'une contre l'autre tout en adressant des mots choisis à notre partenaire pour l'encourager à nous arroser. Comme tous les mecs, il pousse soudain un cri étouffé et un jus crémeux jaillit pour se répandre sur nous. C'est sublime. De plus, la quantité est à la hauteur de notre attente. Nous patientons en extase que l'homme se soit bien vidé les couilles, avant de nous lécher l'une l'autre pour déguster ce nectar si généreusement offert.

Parfois, je rêve que je suis une sorte de Cléopâtre. Comme la reine d'Égypte, je prendrais de longs bains. Mais si elle se délassait dans le lait d'ânesse, je me verrais plutôt baigner dans un bassin rempli de sperme. Passer des heures le corps immergé dans ce liquide fourni par des centaines d'hommes dont l'unique travail serait de se masturber souvent pour me contenter. Ce serait toujours mieux que de mourir pendant la construction d'une pyramide. Et puis, il y a des boulots plus ingrats que d'éjaculer plusieurs fois par jour. Je pourrais même demander à des filles de s'occuper d'eux afin que cela exige moins d'énergie de leur part. Ainsi, ils seraient peut-être encore plus productifs. Enfin, ça demeure quand même aléatoire, la quantité de sperme éjaculé par un homme dépend de bien des facteurs.

Rassasiées de sexe pour quelques heures, nous regagnons chacune notre appartement, reconduites par notre chevalier servant à la pine d'acier. Demain, Devil a des réunions inscrites à son agenda et nous ne pourrons pas nous voir. Je sens que la journée va être longue.

Épilogue

En fait, je n'ai pas revu Devil pendant une semaine. Nous avons seulement communiqué par téléphone. Nous nous sommes d'ailleurs plutôt bien éclatées en nous chauffant par portables interposés. Ce petit jeu nous a donné une foule d'idées pour pimenter nos soirées. En effet, il est temps maintenant que nous sortions un peu de notre routine.

Mentions légales

ISBN : 978-2-37780-521-1

Libertine Editions
ZAI Bel Air
17230 Andilly

Site Internet : www.libertine-editions.fr

Dépôt légal juillet 2019

Imprimé sur papier **Clairefontaine** fabriqué dans les Vosges.

Achevé d'imprimer par C.L.I.P

9782377805211